Tanja is verliefd

vlinders

Lees ook:

vlinders

NANDA ROEP

Tanja is verliefd

vlinders

Leopold

Voor Lisa Renee,
jij was de vlinder in mijn buik

STICHTING NEDERLANDSE
KINDERJURY
2002

© 2001 tekst: Nanda Roep
Omslagontwerp: Rob Galema
Omslagillustratie: Joyce van Oorschot
Uitgeverij Leopold, Amsterdam
ISBN 90 6692 345 8 / NUGI 221/222

Inhoud

Tanja en The Gravediggers

Als Olivier de oefenruimte binnenkomt, steekt hij zijn armen omhoog alsof hij door een juichende menigte wordt onthaald. Terwijl heus niemand op- of omkijkt. 'Thank you, thank you,' roept hij en hij tikt wat tegen de microfoons, plingelt een toonladder over de piano en trekt een flesje cola uit het krat waarna hij op de versleten bank ploft.

Tanja draait onopvallend met haar ogen. Het is al de vierde keer dat ze oefent met The Gravediggers, maar toch voelt ze zich nog wat onwennig. De afgelopen weken heeft ze alle nummers uit haar hoofd geleerd, elke avond staat ze te zingen op haar kamertje. Maar als ze eenmaal in de oefenruimte achter een echte microfoon staat, wordt ze toch wel zenuwachtig en zingt ze maar zachtjes mee.

Ze zit op een ongemakkelijke houten stoel en sipt aan haar flesje cola. Olivier en Tanja zitten samen in het achtergrondkoor, maar je zou niet denken dat ze bij elkaar in de klas zitten. Ze zeggen nauwelijks iets tegen elkaar.

Tanja weet nog niet met wie ze contact zal zoeken. Lotte is aardig, maar de zus van Olivier, dus zij valt af. Bovendien is ze er niet altijd bij omdat ze eigenlijk geen bandlid is, maar het vriendinnetje van Stef, de gitarist.

Het ligt voor de hand om een gesprekje aan te knopen met Maaike uit klas 1a omdat zij ook in het achtergrondkoor zit. Maar Maaike reageert overal zo extreem verlegen op dat Tanja er kriegel van wordt – niet dat ze dat laat merken, ze zou niet durven.

In de band zitten voortaan elf leerlingen. Twee gitaristen – Stef is de sologitarist geworden –, een bassist, een drummer, een saxofonist (Michiel met zijn lange haren), een pianist en zelfs een violiste, dat is Agnes uit de vierde klas. Dan is er natuurlijk nog de zanger, Arthur, en er zijn drie achtergrondzangers: Maaike, Olivier en Tanja.

Drie weken na de Rhijnvis Playbackshow mocht Tanja voor de eerste keer op vrijdagmiddag komen oefenen. The Gravediggers repeteren ergens in het centrum van Zuideroog, in een smal zijstraatje van de winkelstraat.

Daar is een gebouw, het 'muziekcentrum', met een paar geluiddichte ruimtes, waar allerlei instrumenten klaar staan. Iedereen die iets met muziek wil, komt naar deze ruimte. Tanja ziet mensen in- en uitlopen die ze nog nooit eerder zag; Zuideroog is groter dan je denkt.

De eerste keer moest ze zoeken, want ze ging nooit naar het centrum. Ze heeft toch geen geld om iets leuks te kopen en bovendien zitten haar vrienden altijd bij Cafeta-Ria. Maar tegenwoordig is ze steeds vaker in het centrum te vinden. Ze gaat er naar de oefenruimte, maar met Louisa zit ze ook vaak bij 'De Koffiesjop' op de hoek bij Blokker. Daar bestellen ze dan kopjes koffie, die heeft Tanja sinds kort leren drinken. 'Wil je cappuccino, espresso of café au lait?' vroeg Louisa de eerste keer. Ze zei het zo snel, dat het leek alsof ze over haar woorden struikelde: cappu-spress-aulè. Tanja begon te giechelen, maar toen Louisa haar vragend aankeek, begreep ze dat ze zichzelf weer eens voor gek zette. Gelukkig waren de tweedeklassers er niet bij. Tanja heeft zelf nooit geld op zak, hooguit een paar gulden. Louisa trakteert altijd. Op de een of andere manier heeft zij daar geld voor.

Tanja komt vaak langs Douwes huis aan de Geesterweg, en elke keer moet ze denken aan de middag waarop ze ontdekte dat Mike vreemdging. Ze is nooit meer bij Douwe thuis geweest. Sterker nog, ze heeft amper met hem gesproken. Soms komt zijn moeder naar buiten, de dikke dominee. Mevrouw Veenstra knikt altijd supervriendelijk naar haar, maar Tanja doet een beetje schuchter terug. Ze is bang dat de vrouw zal vragen of ze weer eens langskomt. Terwijl Tanja zich nog steeds doodschaamt!

Gelukkig heeft Douwe niemand verteld hoe hij Tanja aantrof: lelijke strepen mascara over haar gezicht van het huilen, vreselijk! Sindsdien heeft ze hem nooit langer dan een paar seconden in zijn ogen durven kijken. Wat moet hij wel van haar denken!

Even heeft ze zich afgevraagd of ze misschien verliefd was op Douwe, of ze zich daarom zo druk maakte over de 'mislukte mascara-middag'. Maar dat is het toch niet. Douwe zou een gewone vriend zijn, als ze ooit nog met hem durfde te praten.

Iedereen is nu aanwezig in de oefenruimte en heeft een drankje gepakt. Arthur loopt nog steeds met zijn voet in het gips van toen hij van het podium viel tijdens het openingsfeest.

'Hebben jullie bedacht welke nummers jullie graag zouden doen?' vraagt Arthur.

'Fuck the queen!' zegt Olivier luid – Tanja zucht.

'Heb je een nummer bedacht dat we wél op het schoolpodium mogen spelen?'

'Fuck the teacher!'

'Olivier...' zegt Lotte. Meteen houdt hij zijn mond en drinkt hij van zijn cola.

Hé, denkt Tanja, luistert hij zo goed naar zijn zus?

'Maaike?' vraagt Arthur. Maaike wordt vuurrood. Ze slaat haar ogen neer en schudt haar hoofd.

'Oké, geeft niks, en jij? Eh, sorry?'

Shit! denkt Tanja. Maar ze fluistert toch: 'Ik heet Tanja.'

'Tanja, natuurlijk,' zegt Arthur.

'En ze drinkt graag ranja,' zegt Olivier met het colaflesje aan zijn lippen. Tanja durft er niks van te zeggen, maar gelukkig doet Arthur alsof hij niets heeft gehoord.

'Over vijf weken is het grote Rhijnvis Kerstfeest,' zegt hij. 'In de aula komt natuurlijk een speciaal optreden van de enige echte…'

'Gravediggers!' roepen alle leden in koor. Maaike en Tanja lachen. Olivier pulkt aan een tafelblad.

'Het eerste optreden in de nieuwe samenstelling! We doen nummers uit ons oude repertoire, maar het is ook de bedoeling dat we nieuwe muziek zoeken die we met z'n elven kunnen doen. Bovendien moet het een kerstoptreden worden, dus we hebben speciale nummers nodig. Misschien, Tanja, heeft jouw fantastische Rineke de Groot het een en ander?'

'Mijn moeder heeft een kerst-cd in haar collectie,' glimlacht Tanja. Arthur knikt vriendelijk. 'En als jij iets weet, Maaike, laat het dan maar horen.'

'Ja,' fluistert Maaike met een rood hoofd.

Hallooo, denkt Tanja, kan iemand zó verlegen zijn?!

'Wat dachten jullie van: "Fuck Rineke de Groot"?' zegt Olivier.

'Laten we er een *leuk* optreden van maken,' antwoordt Arthur bits.

Tanja grinnikt in zichzelf.

Monsterlijk lomp

Als de repetitie met de band is afgelopen, wordt Tanja begroet door een uitgelaten Louisa. Het is nog geen vijf minuten lopen van de oefenruimte naar De Koffiesjop.

'Moet je kijken wat een mooie nagellak ik heb gekregen!'

Aan Louisa's tafeltje zitten de tweedeklassers Nikki, Merel en Saleena. Tanja kent hen ondertussen goed. Mooie meisjes met lange haren en een vriendelijke glimlach. Ze roken sigaretjes en drinken koffie verkeerd; dat is meer melk dan koffie.

'Hoi Tanja,' zeggen ze.

Tanja knikt vriendelijk, maar denkt zenuwachtig: charmant lopen, nu charmant lopen!

Louisa's nagels zijn inderdaad prachtig. Heel subtiel, zoals ze zelf altijd zegt. Er zit een doorzichtige, glanzende lak op, met kleine glimmertjes erin. Daardoor trekken haar nagels extra aandacht als de zon erop valt of als ze een slokje koffie neemt.

'Wil je ook?' vraagt Louisa. Ze wacht het antwoord niet af, maar zet haar koffie neer en pakt Tanja's hand.

Lacherig trekt Tanja haar hand terug. 'Niet doen!' giechelt ze, maar eigenlijk wordt ze rood van schaamte. Ze heeft vast zwarte randjes onder haar nagels, zeker weten, dat heeft ze zo vaak. Nooit eerder naar omgekeken, ze beet eigenlijk ook altijd. Pas sinds Louisa haar er tijdens Frans op wees, is ze zich ervan bewust.

Ze herinnert zich hoe ze licht verveeld de Franse woordjes invulde: *je suis, tu es, il est, nous sommes, vous êtes...* Het hele rijtje. Kreeg ze ineens een pinnige elleboog van Louisa in d'r zij. 'Wat?!' vroeg Tanja. 'Wat is er?!'

'Je bijt,' zei Louisa.

'Nou en?'

'Dat ziet er niet uit.'

'Nou zeg.'

Louisa deed haar na: ze sabbelde aan de knokkels van haar vingers terwijl ze scheel keek.

'Bemoei je d'r niet mee,' mopperde Tanja, die per se niet om het gezicht van Louisa wilde lachen – maar toen greep 'madame Landoet' in. Eigenlijk heet ze mevrouw Lindhout, maar tijdens de les zegt iedereen 'madame Landoet' omdat ze zo veel mogelijk Frans moeten spreken. Buiten de klas noemt iedereen haar Lindwurm.

'*Est-ce que vous êtes prêt?*' vroeg ze met haar zangerige Franse stem.

'Ja, bijna klaar,' zei ze terug. Ze klemde eigenwijs een nieuwe vinger tussen haar tanden en schreef: *ils sont.*

Louisa heeft regelmatig commentaar op Tanja. Eerst was haar make-up verkeerd; te donker en te veel. Toen moest ze meer met haar heupen wiegen als ze liep. Daarna waren haar haren leuker als ze die los droeg en niet in een staart.

Pasgeleden zei Louisa ineens: 'Als je niet op tijd een beha koopt, krijg je hangtieten, hoor!' Het was vreselijk, Tanja stond in d'r blootje in Louisa's kamertje. Ze probeerde haar borsten te verbergen, maar dat lukte totaal niet en uiteindelijk kregen ze de slappe lach.

Zelf droeg Louisa sinds de zomervakantie een beha, cup A, bijna de kleinste. Die had ze samen met haar moeder uitgezocht, vertelde ze. Maar Tanja was niet van plan ooit met d'r moeder een beha te kopen. Ze zou zich doodschamen!

Tanja wil graag samen met Marjan een beha uitkiezen, maar eerst moest ze met ma overleggen en haar geld vragen. Daar ziet ze hopeloos tegenop.

'Hé, vijl jij je nagels niet?' vraagt Nikki nu. Zij is de knapste van de drie, vindt Tanja.

Ze haalt haar schouders op. 'Soms.' Eigenlijk knipt Tanja ze met het knippertje waar pa ook zijn teennagels mee doet, maar dat hoeft Nikki niet te weten.

'Doe ik ook meteen even,' lacht Louisa. Ze haalt een vijl uit de borstzak van haar spijkerjack en pakt opnieuw Tanja's hand. 'Complete manicure, mevrouw?' De tweedeklassers lachen en Tanja brengt ook haar mondhoeken omhoog: waarom denkt ze zelf toch niet aan dit soort dingen!?

Nog steeds voelt Tanja zich soms monsterlijk lomp naast deze fragiele meisjes die hun sigaretjes sierlijk roken en die hun woorden uitspreken zoals filmsterren doen. Zelf loopt Tanja in goedkope T-shirts en simpele broeken.

Hoe Louisa aan al die mooie spullen komt, geen idee, want ze heeft geen bijbaantje of zo. Zelfs als haar ouders haar kleding betalen, dan nog is het Tanja een raadsel hoe Louisa aan geld komt voor alle koffie en de make-up.

Tanja krijgt van ma elke week zes of zeven gulden zakgeld, het ligt een beetje aan hoeveel flessengeld er over is. Een koffie verkeerd kost al bijna vier gulden, terwijl een patatje mèt bij Ria ook een knaak is. Per week zou ze dus één koffie en één patat kunnen betalen. Hoe moet ze er dan ook nog make-up van kopen? Laat staan nieuwe kleren!

Het verschil tussen Tanja en de tweedeklassers zal nog lange tijd bestaan. Als Tanja boos wordt of gewoon enthousiast is, krijgt ze de Amsterdamse tongval van haar moeder. Maar als ze moe is, spreekt ze plat als een marktvrouw uit Vissersplaat.

De tweedeklassers lachen altijd ingetogen en sierlijk, terwijl het vaak is gebeurd dat Tanja zo hard begon te bulderen dat mensen van andere tafeltjes omkeken.

Als ze alleen is met Louisa, is alles anders, dan voelt Tanja zich beter op haar gemak. Ze maken samen huiswerk en bespreken dan welke van de jongens uit klas 1d in aanmerking zou komen voor 'Fikse Verkering', zoals ze dat noemen.

Het zijn er niet zoveel, maar dat komt ook doordat er een stel niet beschikbaar zijn. Olivier – etterbak – Quint en Laurens Biesterveld vallen sowieso af. Olivier zit zowat de hele dag naar Daphne te lonken (alsof zij voor hem zou vallen!). Niet dat Tanja ooit van haar leven iets met Olivier zou willen trouwens, ze is superblij dat hij niet op hun lijstje staat! En Laurens loopt elke pauze stom te doen tegen een meisje uit klas 1b dat Tanja verder niet kent.

Douwe heeft verkering in Friesland, dat weet iedereen. Hij is daar heel serieus mee: schrijven, bellen… Zijn vriendin schijnt soms zelfs een weekend naar Zuideroog te komen. In haar eentje. Zonder ouders. Pittig, hoor.

Maar praten over de jongens uit 1d is onmogelijk nu de tweedeklassers erbij zitten in De Koffiesjop. Zij vinden Ravi en Laurens en Olivier maar kleuters! Nee, met de tweedeklassers bespreken ze eigenlijk vooral waar Tanja het minst vanaf weet: kleding en make-up.

Marjan is verliefd

De zaterdagen houdt Tanja vrij voor Marjan. Nou ja, Tanja heeft er nog nooit iemand voor hoeven afzeggen, of zo. Meestal slenteren ze door Wijk Noord. Altijd richting CafetaRia eigenlijk, net als nu. Sinds kort komt daar een jongen die Marjan leuk vindt. Goos heet hij, wat een naam!

Een half jaar geleden zaten Marjan en Tanja nog op de Dagobertschool. Hun nieuwe scholen zijn pas kortgeleden begonnen – Marjan op het vmbo en Tanja op de kakkers- school. Nu is het alweer bijna december.

Soms denkt Tanja aan wat er in die korte tijd allemaal al is gebeurd. Ze had serieuze verkering met Mike tot ze door hem werd bedonderd – ongelooflijk! Ze heeft gekust en een beetje gevoeld, pfft, gek eigenlijk. Het is pas een maand uit, maar het lijkt al veel en veel langer geleden. Ze kan zich amper voorstellen dat ze ooit een jongen in haar broekje liet voelen. Of dat ze het ooit nog eens zal toe- staan!

Meteen toen Mike begreep dat Tanja niet bij hem terug zou komen, vroeg hij verkering aan Marisha. Die zei direct 'ja'. Natuurlijk moet Marisha voorzichtig zijn dat haar vader er niet achter komt, die vindt het namelijk niet goed dat ze verkering heeft. Ze scheuren nu vaak op Mikes brommer over het pleintje, snel, om uit het zicht van haar ouders te komen. Tanja weet wel waar die naartoe gaan en, helaas, ook wat ze daar uitspoken!

Op het pleintje sprak iedereen er schande van, maar nu zijn ze eigenlijk allemaal aan het idee gewend. Tanja ook, ze is blij dat zij niet meer met Mike is en geen kans meer loopt om door hem belazerd te worden.

Marjan draait een nieuw sjekkie. Dat kan ze terwijl ze loopt. Zwijgend steekt ze haar toetertje aan; ze is in diepe verliefde gedachten. Tanja laat haar erin, zoals meestal.

Zodra Marjan de fiets van Goos bij CafetaRia ziet staan, krijgt ze een zachte glans op haar wangen en een troebele blik in haar ogen.

Goos is niet in Wijk Noord opgegroeid. Sterker, hij komt in CafetaRia door Mike! Ze hebben elkaar leren kennen op het vmbo. Mike zit in de derde klas en Goos pas in de eerste, terwijl ze toch even oud zijn.

Het is net als met Marjan: zij is ook al veertien en zit pas in de eerste klas. Dat komt doordat ze een probleemvader heeft die na de scheiding van haar ouders vaak trammelant kwam trappen. Waarom Goos nu pas in de eerste klas zit, weet Tanja niet.

In ieder geval past hij wat dat betreft goed bij Marjan. Elke keer als hij haar ziet, begint hij zenuwachtig om zich heen te kijken en aan zijn kontzak te frunniken. Tanja denkt dat het bij hem ook wel goed zit.

Louisa's geheim

EXTRA STOF, HOOFDSTUK 5
Opgave 2:
We gaan de wijzerplaat van een klok tekenen. Je moet dus een cirkel in 12 gelijke stukken verdelen. Hoe dat gaat, zie je in deze opgave.

A *Teken punt A (0,6). Teken de cirkel met middelpunt O die door A gaat.*

B *Teken op de cirkel een punt B zo, dat de lijnstukken OA en OB een hoek van 30° met elkaar maken. Neem B rechts van A.*

C *Teken punt C op de cirkel zo, dat de lijnstukken OB en OC een hoek van 30° met elkaar maken.*

D *Teken door O de lijn l loodrecht op OB. Deze lijn snijdt de cirkel in twee punten.*

E *Verdeel nu de cirkel in 12 gelijke stukken. Je mag alleen nog maar loodlijnen tekenen.*

F *Maak de wijzerplaat af en maak er een mooie tekening van.*

Het is zondagmiddag. Tanja en Louisa zitten op de grond in Louisa's kamer, op de lila zitkussentjes. Hun schriften liggen op hun knieën en ze hebben thee met koekjes. Vaak krijgen ze de hele theepot mee naar boven, dus Louisa's moeder komt gelukkig niet controleren of ze wel echt huiswerk maken. Dat had Marjan gezegd, dat bij kakmeis-jes – dat zegt ze om Tanja te pesten – de ouders controle-ren of ze hun huiswerk wel goed doen.

Tanja kan het natuurlijk wel, een wijzerplaat tekenen. Maar zodra er staat dat de lijnstukken OA en OB een hoek van 30° met elkaar moeten maken, raakt ze in de war.

Je hebt nou eenmaal A-mensen en B-mensen, heeft meneer Ris tijdens bijles eens gezegd. De A-mensen snap-pen taal beter en de B-mensen snappen cijfers. Sommigen kunnen het allebei een beetje en er zijn ook mensen die het allebei heel goed kunnen.

Tot die laatste categorie hoort Louisa, denkt Tanja. Kijk maar hoe ontspannen ze met haar passer en geodriehoek een keurige klok in haar schrift tekent met lijnen in perfec-te hoeken.

'Wat zit je nou te prutsen,' zegt Louisa. Tanja kijkt beschaamd op. 'Je moet gewoon die middellijn op het gaatje van de passer zetten en dan de lijn van dertig graden volgen, zie je?' Tanja voelt haar wangen gloeien.

Louisa helpt haar vaak met wiskunde. Tanja mag gewoon de antwoorden overschrijven, maar als ze wil, pro-beert Louisa uit te leggen hoe ze op die antwoorden is gekomen.

Bij Tanja thuis kijkt pa zondagsmiddags vaak naar een voetbalwedstrijd, en komt tante Annie langs. Dan doen ze 'gezellig effe' de was – ook strijken en vouwen en opbergen – zodat Tanja's moeder lekker vroeg klaar is. Ondertussen hebben ze dan fijn bijgeklept, vindt tante Annie. Stefanie is vaak naar buiten, maar soms gaat ze met pa voor de buis liggen. 's Avonds eten ze patat met kroketten die ma zelf frituurt.

Vlak voordat Tanja naar Louisa ging, vroeg tante Annie

ineens of het niet tijd werd dat Tanja een beha gaat dragen. Even was het ongemakkelijk omdat haar moeder en tante ontzettend naar haar gingen kijken. Tante Annie zei nog: 'Ze wordt al een grote meid, hoor.' Toen knikte ma: 'Ik zal je geld geven om er een te halen.' Tanja glimlachte verlegen, maar was toch tevreden: ze kon lekker met Marjan gaan, binnenkort.

Bij de familie Paula gaat het er op zondag een stuk rustiger aan toe. Toen Tanja aankwam, zaten Louisa's ouders aan de eettafel de weekendkrant te lezen. Op de achtergrond klonk zachte muziek.

'Wat doen jullie nou?' vroeg Tanja verbaasd. Stom, want ze wist heus wel dat het een krant was, alleen werd die bij haar thuis niet gelezen.

Gelukkig lachten meneer en mevrouw Paula haar niet uit. Ze zeiden dat ze nog bezig waren wakker te worden en vroegen of Tanja een lekker kopje zoethoutthee lustte. Tanja knikte verlegen, Louisa kwam al snel beneden.

Gisteravond waren haar ouders naar de schouwburg geweest, vertelde Louisa toen ze eenmaal op haar kamertje zaten. Elke maand gaan ze een keer samen weg: uit eten, naar een toneelstuk, de film of het cabaret. De laatste tijd is Sandro, haar broer, ook nooit thuis op zaterdag, want hij heeft altijd wel ergens een feestje. Dus was Louisa alleen met haar nichtje Rosa, die komt altijd als haar ouders weg zijn. Ze hebben popcorn gebakken en een komische video gehuurd. Volgens Louisa hebben ze zich bescheurd, Tanja lachte melig met haar mee.

Nu zijn ze als eerste met wiskunde begonnen, speciaal voor Tanja, omdat zij er zo'n moeite mee heeft.

'Oké, vraag 1b,' zegt Louisa. 'We vergeten dit stomme ganzenbordspel uit het boek. Stel je maar even voor dat ik twee potjes nagellak heb, jij hebt er geen een. Voordat je een potje mag houden, moet je eerst Nikki, Merel en Saleena nagellak geven. Jij hebt dus min drie potjes nagellak. Snap je dat?'

'Louisa?' vraagt Tanja. 'Mag ik je iets vragen?'

'Tuurlijk!'

'Het gaat niet over wiskunde.'

'Gelukkig.' Louisa leunt achterover, tegen haar bed waar een lila dekbed overheen ligt.

'Hoeveel zakgeld krijg jij?'

'Hoezo?'

Tanja frummelt aan haar broekspijp. 'Gewoon.'

'Vijftien gulden,' zegt Louisa dan.

Tanja trekt haar wenkbrauwen op – dat is het dubbele van wat zij krijgt, maar toch nog steeds niet genoeg om al die spullen van te kopen.

'Vind je het weinig?' vraagt Louisa.

Tanja haalt haar schouders op. 'Waar betaal jij al die koffie van?'

'Soms geeft m'n moeder me een tientje om naar De Koffiesjop te gaan.'

'Vandaar. En betaalt zij misschien ook de make-up?'

'Hoe bedoel je?'

'Ik, bij mij... Ik heb nooit van z'n leven genoeg, terwijl jij...'

'Sst,' zegt Louisa.

Tanja houdt abrupt haar mond.

Nu haalt Louisa diep adem. Ze denkt een paar tellen goed na. Dan glimlacht ze geheimzinnig en ze komt overeind. Haar gezicht is vlak naast dat van Tanja. Op fluistertoon zegt ze: 'Ik heb óók nooit genoeg.' Ze gooit haar donkerbruine haren over haar schouder.

'Maar, hoe?'

Louisa legt haar vingers over Tanja's lippen. 'Kan je een

geheimpje bewaren?' Ze glimlacht steels. In haar ogen komen twinkels. Ook Tanja's ogen lichten nu op.

'Een geheim, echt waar?'

Louisa knikt. 'Ik vertel het je alleen als je het voor je houdt.'

'O ja,' fluistert Tanja.

'Kan je dat?'

Wat kan ik, Louisa? Net zo mooi zijn als jij? Even bijdehand? Even slim en charmant? Natuurlijk kan ik dat, zeg maar hoe het moet!

'Kan je een geheim bewaren?'

Tanja haalt diep adem. Ze moet haar best doen niet van de zenuwen te gaan giechelen. Dan knikt ze.

'Ik leen het.'

'Lenen? Van wie?'

'Van de winkel.' Langzaam groeit Louisa's mond naar een lach van oor tot oor. 'Snap je wel?' Geduldig wacht ze tot bij Tanja het kwartje valt.

'Je leent van de winkel...' Dan valt Tanja's mond open. Haar ogen puilen haast uit hun kassen. 'Je... *steelt*?'

Louisa legt haar vinger tegen haar lippen – sst – en geeft haar een snelle knipoog. Allemachtig, wat ziet dat er stoer uit, waar heeft ze *dat* nou weer geleerd!

'Echt waar?!' Van de zenuwen begint Tanja alsnog te giechelen, maar dat geeft niks. Daardoor lijkt het nu alsof ze het goedkeurt, dat is niet kinderachtig.

'Het is hartstikke makkelijk.'

'En Nikki en Merel...'

'Ook.'

'Echt waar?'

Louisa trekt haar schouders op. 'Tuurlijk.'

Een zenuwachtig gevoel golft door Tanja's buik. In haar hoofd komen zeepbelletjes die uit elkaar spatten. Haar tenen verdwijnen in suikerspinnen. Dus het is mogelijk, denkt ze, dus het is voor mij óók mogelijk om zulke sjieke spullen te hebben, nee, te lénen!

Louisa veert overeind. 'Moet je kijken.' Uit het bovenste laatje van haar bureau pakt ze een glimmend etuitje. Ze frummelt erin en pakt er een langwerpige lipstick uit.

'Ge-sto-len?' fluistert Tanja mierzacht.

Louisa knikt haast onzichtbaar. In de kamer heerst een absolute stilte, zo'n stilte die je de adem beneemt.

Dan klinkt ineens knalhard:

KLOPPERDEKLOP, KLOP, KLOPKLOP!

Tanja ziet bleek als Casper het spookje. Ze wil krijsen: 'Er komt iemand!', maar gelukkig is haar stem verlamd en komt er geen geluid uit.

'Mijn broer,' zegt Louisa nuchter. Behendig drukt ze de lipstick in de etui en ze schuift het laatje dicht terwijl ze monter naar de deur roept: 'Jaaaa?'

'Hé kleine Loewie, heb jij misschien *for me*, een schaartje voor m'n, eh, knie!' Glimlachend staat hij in de deuropening. Hij komt net onder de douche vandaan, zijn haren slierten langs zijn donkere gezicht. Hij heeft alleen een handdoekje om zijn middel geknoopt.

'Nou, grote San, daar weet ik alles van, hij ligt daar in die, eh, pan!' Ze wijst lachend naar haar bureaula. Dat daar gestolen waar ligt, kan haar kennelijk niet schelen.

'Hallo,' knikt Sandro tegen Tanja. Hij wandelt naar Louisa's bureau. Als hij zich omdraait, ziet Tanja dat er nog een paar druppels op zijn rug zitten.

'Drfg,' stamelt Tanja.

'Was 't leuk, gisteren?'

'Héél. Bij jou?'

'Ook.'

'Mooi.'

Halverwege zijn benen zie je onbedekte knieën. De haren op zijn schenen hangen nat omlaag, in de richting van zijn grote blote voeten met de tien naakte tenen. Als hij merkt dat Tanja ernaar kijkt, wiebelt hij ermee. Geschrokken kijkt Tanja hem aan, hij trekt vrolijk zijn wenkbrauwen op. Een vlugge knipoog – dáár heeft Louisa die geleerd!

Haar ogen moeten haast zo groot zijn als koplampen.

Haar wangen zijn warm als poffertjes.

Haar keel is droog als beschuit.

Allehemels, is dit de broer van Louisa?! Was hij steeds al zo leuk?!

'Toedeloe,' roept hij zangerig als hij weer naar buiten stapt.

'Doei,' zegt Louisa.

'Urrgh,' poogt Tanja.

Warme wokkelhanden

Haar aardappelen krijgt ze die avond niet door haar keel. 'Gaat het goed?' vraagt ma. Tanja knikt en slikt met grote moeite een hap door haar droge strot. Gespeeld verveeld prikt ze haar vork in de rookworst.

Ze kijken 'Het recht op geluk' met Anouk van Raalte – zoals gewoonlijk staat ze weer eens in haar ondergoed. Ondertussen weet Tanja dat Anouk niet in Zuideroog woont, ondanks de berichten van de roddelbladen die ma graag leest. Ze heeft er wel een huis gekocht, maar daar zit nu een opvanghuis voor vrouwen en meisjes die slachtoffer zijn geworden van geweld. Alle bladen hebben ermee vol gestaan.

Kennelijk heeft Anouk in haar jeugd iets meegemaakt, waardoor ze nu een tehuis wil oprichten. Niemand kent het precieze verhaal. Het schijnt dat Douwe de enige is die er meer van weet, maar trouwe Douwe verklapt niks! Tanja glimlacht: trouwe Douwe. Hij is echt lief. Waarschijnlijk houdt hij de 'mislukte mascara-middag' ook gewoon voor zich, zo is hij wel. Eigenlijk jammer dat ze niet verliefd op hem is, want hij zou vast een lief vriendje zijn.

Maar Sandro...

Ze voelt aan haar wangen – zijn die warm? Zou ze rood zijn? Ziet ma hoeveel moeite ademhalen kost? Tanja sluit haar ogen, ze verzet zich uit alle macht. Niet de broer van Louisa!

Volgens Louisa is Anouk van Raalte de jeugdliefde van De Haan van geschiedenis, dat heeft ze van iemand gehoord. Maar Tanja gelooft er niks van, met zo'n oude lelijke man. Als hij nou jong was – vijftien, zestien – met druppels op zijn rug en natte haren langs zijn... Aan iets anders denken, Tanja!

Ze prikt een aardappel aan haar vork en sopt hem door de jus.

De leraren zijn allemaal een pot nat, als je het Tanja vraagt. De Slobber van biologie bijvoorbeeld, je kan je toch niet indenken dat hij ooit in z'n leven een meisje heeft mogen kussen? Lang van tevoren zou elke vrouw al weglopen omdat ze ondergespuugd werd!

Meneer Ris van wiskunde is vijfendertig en zegt zelf dat ie nog jong is. Mooi niet! Een lelijke oude zak is het!

En wat denk je van 'madame Landoet'? Die heeft een pittig stel paardentanden, als je het Tanja vraagt. En op haar wang, vlakbij haar oor, zitten een paar donkere haartjes. Van een afstand zie je ze misschien niet, maar mooi dat Tanja niet vergeet dat ze er wél zijn! Ze schrok zich rot, de eerste keer dat ze ze zag! Nou ja, eigenlijk schrok Louisa vooral, maar die gaf Tanja meteen een elleboogstoot en toen zij het eenmaal had gezien, schrok Tanja óók! Bah!

Er is er één, meneer Van Beurden van gymles, die volgens de publieke opinie leuk moet zijn. Hij is in ieder geval de jongste van het hele lerarencorps, vijfentwintig. Dat is op zich wel tof. Maar hij gedraagt zich ook meteen zo populair, blergh.

Van Beurden weet best dat de klas voor lul loopt, maar toch wil hij per se dat ze de RFC-kleding dragen.

Op het Rhijnvis Feithcollege heb je verplichte gymkleding. Je kunt kiezen tussen een lichtblauw T-shirt of een sweater. Tanja heeft het shirt, helaas, want de sweater was te duur. In donkerblauwe letters staat er RFC op.

Dan moet je kiezen tussen een joggingbroek met lange pijpen, een boxer voor de jongens – waar je hun onderbroek in kan zien als ze handstand doen – en een korte broek met strakke pijpen voor de meisjes. De korte broek was het goedkoopste, helaas, en nu zie je alle pukkeltjes die op haar benen komen als ze het koud heeft.

Als die lummel van Van Beurden dan tenminste Tanja lekker achteraf liet staan, was het op zich nog oké geweest. In plaats daarvan moet hij *haar* altijd hebben als hij iets wil voordoen: 'Tanja, help je even?' Terwijl de hele klas op bankjes zit – Louisa giechelend –, moet zij 'en plein public' tonen hoe lomp het schooltenue is! Alsof er dan nog iemand let op de oefening die Tanja voor moet doen!

Er is nog iets aan Van Beurden dat onuitstaanbaar is: hij legt zijn hand op je rug. Kan die kwijlebal niet met z'n poten van d'r afblijven?! Hij doet het niet alleen bij Tanja, hoor, bij alle meisjes legt hij zijn warme hand op hun rug en bij de jongens trouwens ook. Wat een lummel!

Gek genoeg vindt Louisa het nu eens niet irritant. Tanja begon erover – 'Wat een vieze, warme wokkelhanden heeft hij!' –, maar Louisa reageerde er nauwelijks op. Misschien valt het eigenlijk wel mee.

Op het laatste stukje worst spuit Tanja een dikke drol curry, heerlijk! Dan staat ze op en met volle mond zegt ze: 'Even naar Mar.' Pa kijkt vermoeid maar onverschillig op. Ma knikt bezorgd, ma kijkt altijd bezorgd als er niks aan de hand is. En Stefanie heeft niks in de gaten, die zit met d'r hoofd in 'Het recht op geluk', zoals elke avond.

Als Tanja de keukendeur dichttrekt, hoort ze Stefanie gillen: 'Neeee, niet Anouk van Raalte!!'

Niet aan denken!

Tanja stapt door de heg naar de keukendeur van Marjan –
in de zomer moet je uitkijken met coniferen, dan zitten er
kleverige beestjes in, maar in de herfst kan je er wel tussen-
door schuiven. Haar moeder is niet thuis, zoals meestal.
Sinds kort volgt die een avondcursus Mavo voor ouderen,
of zoiets.

'Joehoe!' roept Tanja.

'Hoi!' zegt Marjan. Ze ligt languit op de leren driezitsbank te roken. Tanja tilt de benen van haar vriendin op,
gaat naast haar zitten en legt de voeten met de roze sokken
dan op haar schoot. Marjan kijkt ook naar 'Het recht op
geluk'.

'Had je net zo goed bij ons kunnen kijken,' zegt Tanja.

'Ze hebben Anouk van Raalte dood gevonden,' antwoordt Marjan.

'O?'

Marjan kijkt voor zich uit, neemt een haal van haar sjekkie. 'Ze lag dood in d'r ondergoed.'

'Weet jij een kerstnummer dat we met de band kunnen
doen?'

'White Christmas.'

'Weet je of Rineke de Groot ooit een kerstliedje heeft
gezongen?'

Marjan kijkt haar glimlachend aan. 'Ga je weer playbac-
ken?'

Tanja lacht terug. 'Echt zingen.'

'Toe maar.' Met een kreun staat Marjan op en ze loopt naar de kast. Ze trekt een glazen deur open, waar de cd's in stapels achter liggen. 'Witte kerst 1992, De mooiste Kerstnummers, Kerst uit Alle Tijden, Gelukkige Kerst 1999, even zoeken, hoor.'

Tanja glimlacht, wat een collectie! De Eerste Kerst van het Millennium! Laten we Kerst dit jaar vieren. Samen de Kerst door. Lange Winters...

Heeft Marjan die allemaal aangeschaft?!

'Me moeder is gek van kerst.' Marjans sjekkie bungelt in haar mondhoek. Om geen rook in haar oog te krijgen, heeft ze er een dichtgeknepen. Tanja lacht.

'Horendol word je ervan!'

Ze lachen allebei.

'Heb je Goos nog gezien?'

Hoewel Marjan achter een dikke rookwolk schuilgaat, is goed te zien dat ze begint te stralen. Ze knikt. Pakt het sjekkie uit haar mond. Ze glimlacht zacht. 'Hij heeft me dit gegeven.' Tanja kijkt naar de hand die Marjan naar haar uitsteekt.

'Wat is dat? Oh! Echt waar?'

Marjans ogen stralen als diamantjes. Trots kijkt ze naar de groene plastic ring die aan haar vinger prijkt. 'Mooi hè?'

'Komt-ie uit de automaat bij Ria?'

Marjan knikt glazig.

Bij de buitendeur van CafetaRia staat een enorme rode kauwgomballenautomaat, maar er zitten ook ballen in met een verrassing. Je moet er een gulden in gooien. Regelmatig gaan ze even 'een balletje pakken', zoals ze het noemen, voordat ze naar huis gaan. Vooral de jongens spelen graag met de verwarring die ontstaat bij het woord 'balletje', omdat je gehaktbal, automaatbal, of natuurlijk – ha ha ha,

– hun eigen ballen kan bedoelen. Laatst was Mike wel grappig, hij had het over een corpsbal pakken, die was nieuw.

Marjan kust de ring en zegt: 'Vanmiddag waren we bij Ria. We gingen naar buiten, Mike, Goos, Marisha, Betsy en ik. Goos had een frikandel in z'n hand, daar stond-ie een beetje mee te zwaaien en ondertussen van te eten, zó grappig. Toen zei hij: "Hé, Mar." Dus ik naar 'm toe, hij draait een bal uit de automaat. Daar zat deze ring in. Vind je het niet ongelooflijk?'

Tanja glimlacht en kust Marjan op haar wang. 'Lekker verliefd, schatje?'

Marjan giechelt.

Zal ze Marjan vertellen over Sandro? Tanja twijfelt. Zolang ze het niet heeft uitgeproken, is er niks aan de hand. Maar als ze eenmaal hardop zegt dat hij leuk is, is er geen houden aan. Dan kan ze niet meer stoppen over hem te praten, zeker weten. Is ze vanmiddag verliefd geworden op Sandro, of schrok ze gewoon van het moment waarop hij binnenkwam? Ze weet het niet, ze hoopt het laatste.

'Waar denk je aan?' vraagt Marjan.

Tanja haalt haar schouders op. 'Niks. Aan het kerstnummer.'

'Neem deze verzamel-cd maar mee, Rineke de Groot staat er ook op.'

'Te gek, dank je.'

Als ze tussen de coniferen terug naar huis duikt, dagdroomt ze dat Sandro óók in de heg staat. *Kom eens hier,' zegt hij en hij geeft haar een kus.*

Tanja schudt haar hoofd en stapt naar haar eigen keukendeur. Eenmaal binnen loopt ze meteen door naar boven. En op haar bed luistert ze naar het nummer van Rineke de Groot.

O, boom wat ben je wit
Weet je waar mijn liefste zit?
Sinds hij mij verliet
Lig ik te huilen van verdriet

De dagen werden langer
En ik werd alsmaar banger
Want mijn liefste deed zo raar
Hij verdween ineens – naar waar?

Toen het begon te sneeuwen
Lag ik het uit te schreeuwen
Want jij was weggegaan
Waarom zie je mij niet staan

REFREIN
O, boom wat ben je wit
Weet je waar mijn liefste zit?
Sinds hij mij verliet
Lig ik te huilen van verdriet

Tanja glimlacht, dit vindt Arthur vast fantastisch! Stel je toch voor dat zij het zelf mag zingen, misschien heeft ze net zoveel succes als bij de playbackshow!

Terwijl de cd doorspeelt, sluit Tanja haar ogen. In gedachten is het feest begonnen. Leraren schenken kerstdrankjes aan de bar, discolichten springen aan en uit. Tanja wandelt naar de microfoon en… *Sandro staat vooraan. Hij knipoogt naar haar. Hij heeft alleen oog voor haar, straalt van verliefdheid. Tanja glimlacht charmant, ze begint te zingen. En te swingen. Het publiek juicht als Sandro het*

podium op stapt en haar in zijn armen neemt. Tanja zingt:
'Sinds hij mij verliet, lig ik te huilen van verdriet.' Maar San-
dro heeft haar opgetild en draagt haar het podium af. Hij
kust haar voorhoofd. Hij kust haar oogleden. Hij kust haar...

Geschrokken opent Tanja haar ogen. Op haar wangen voelt ze een lichte blos. Ze zucht diep, zó diep dat ze bijna door haar matras zakt. Haar armen tintelen, haar hart klopt onregelmatig in haar lichaam; een kus van Sandro...

Ze schudt haar hoofd en staat op. Pfft, even uitademen. Is er iets wat ze moet doen? Huiswerk? Opruimen? Afwassen? Nee, huiswerk heeft ze vanmiddag met Louisa gedaan *en toen kwam hij binnen* – stop!

Op de cd klinkt de beroemde tekst:

Het is kerstmis
Waar het feest is
Ja, het is ke – hè – rstmi – his
Waar het fe – heest i – his

Tanja dwingt zichzelf mee te zingen met het hitje dat 'De Kerstnummers' vorig jaar scoorden. Ze mompelt een beetje, strijkt haar borstel door haar haren. Kijkt haar kamertje rond – oud bureautje, lelijke stoel, bed-uit-groep-acht, foto van Louisa en haar, foto van Marjan en haar, en ze zucht. Er is niets wat ze hier kan doen. Dan maar naar beneden. Misschien ligt Stefanie voor de verandering eens iets leuks te kijken.

Sandro's gymspullen

Meneer Van Baal heeft Tanja binnengelaten, ook al is ze tien minuten te laat. Het wil maar niet lukken om op tijd te komen, ze hóórt de wekker gewoon niet! Vooral nu het kouder wordt – het is nog donker als ze al van huis moet – zijn de ochtenden een ramp.

Stefanie weigert Tanja te roepen, ze vindt dat Tanja zelf maar wakker moet worden van de wekker. Dat zegt ze met zo'n stom hoofd, weet je, als ma vraagt waarom ze 'd'r zussie' niet eventjes wakker heeft gemaakt. 'Ze heb toch een eigen wekker,' met zo'n zeikstem zegt ze dat.

De trut.

Volgens Louisa is Stefanie gewoon jaloers dat Tanja op het Rhijnvis Feith zit en daar een vriendin heeft. Tanja gelooft dat op zich wel. Toen ze trots vertelde dat ze in de schoolband mocht zingen, zat Stefanie suf te puffen, terwijl pa en ma hartstikke trots waren. En toen Tanja een keer wilde laten zien hoe Stefanie haar haren mooier kon vlechten, duwde Stefanie haar weg. Tss, dan niet, zeg!

Vroeger deed ze nooit zo achterlijk. Ze vond het bijvoorbeeld niet erg dat Marjan bevriend raakte met Tanja in plaats van met haar. Terwijl zij haast even oud zijn, allebei twee jaar ouder dan Tanja. Ze vond het ook geen punt dat Tanja met haar vrienden naar CafetaRia ging, terwijl Stefanie haar vrienden – heeft ze die eigenlijk wel? – vooral op het schoolplein zag. Maar sinds een paar weken doet Stefanie ultiem stom.

Stefanie wéét dat Tanja om acht uur de deur uit moet. Dat is precies het tijdstip waarop Steef opstaat – als Tanja dan meteen uit bed springt en zich haast, dan kan ze de schade beperken. Toch gaat Steef zich eerst rustig wassen en aankleden. Pas als ze buiten is, rinkelt ze een paar keer boos met haar fietsbel. Gek genoeg schrikt Tanja dan wél met een ruk wakker.

Nu moest Tanja snel alles doen. Dat hele kolere-eind naar school rijden op die rotfiets die veel te zwaar trapt. Soms moet ze wijkagent Van der Wiel nog vriendelijk zien te groeten, anders komt-ie vragen of alles wel goed gaat. Sinds het uit is met Mike, laat-ie d'r redelijk met rust, dat is wel oké. Kleumend en chagrijnig van de kou stapte ze eindelijk het lokaal binnen.

'Kom erin, Tanja,' zei Van Baal. Wat heerlijk om even geen gezeur aan je hoofd te hebben! 'Ga snel zitten, we zijn bezig met blok vier, over Lekker Lezen.'

Zonder iets te zeggen, gaat Tanja nu zitten. De ene keer krijgt ze strafwerk, de andere keer niet. Het maakt niet veel uit, want het strafwerk van Van Baal is altijd dat ze een opstel moet schrijven en dat vindt Tanja hartstikke leuk om te doen. Vooral omdat Van Baal er zo enthousiast op reageert.

Op dagen als vandaag houdt Louisa haar make-up altijd onder hun tafeltje klaar. Tanja hoeft 't maar te pakken, Louisa houdt een spiegeltje onder tafel vast. Zodra Van Baal iemand vraagt om voor te lezen – 'Douwe, wil jij eens beginnen bij de derde alinea?' – en dus in het boek moet kijken, doet Tanja mascara op haar wimpers.

Marjan heeft gezegd dat Tanja te veel belang hecht aan

uiterlijk en make-up, maar Tanja vindt het nou eenmaal leuk om er goed uit te zien. In de spiegel ziet ze hoe het bruine oogpotlood een stevig lijntje onder haar ogen achterlaat. Het is een gestolen potlood, flitst het door haar hoofd. Op mascara is ze ondertussen verzot geraakt. Eenmaal mascara op je wimpers en je bent een totaal andere meid, zeker weten. Zonder mascara zie je er de hele dag een beetje slaperig uit, met mascara ben je... aanwezig! Zou de mascara ook gestolen zijn? Dat is zeker twintig gulden van de winkel geleend. Zo zeg!

In de eerste pauze heeft Louisa twee bekertjes thee gekocht bij Maria in de kantine. Sinds ze met Louisa staat, spreekt Tanja niet veel meer met Maria. Alleen als zij aan de beurt is om thee te halen, zeggen ze elkaar gedag. 'Alles goed?' vraagt Maria. Tanja knikt dan altijd vriendelijk dat het goed gaat. Verder komt het niet meer. Nou ja, ze kan ook niet overal tegelijk zijn.

Louisa zet haar bekertje thee op de grond en rent weg. 'San! San!' Ze pakt haar broer bij de arm en brengt hem mee.

Sandro! Oeps! Tanja wordt vuurrood en draait haar hoofd zo snel met Louisa mee, in zijn richting, dat ze er een nekspier mee verrekt. 'Auw!' gilt ze kort, en legt haar hand tegen haar nek. Gelukkig, nu lijkt het alsof ze rood werd van de pijn.

'Gaat het?' vraagt Louisa.

'Ja hoor,' zegt Tanja. Ze bijt op haar lip en hoopt maar dat haar ondertussen roze gekleurde hoofd er toch een beetje charmant uitziet.

Sandro legt zijn hand in haar nek. Hij schuift Tanja's haren opzij om te kijken of er iets is. 'Ik zie niks,' zegt Sandro. Maar voor haar gevoel is Tanja allang onder zijn han-

34

den vandaan op de grond gegleden door het wegvallen van haar spierkracht.

'Mag ik jouw gymshirt lenen?' vraagt Louisa. 'Ik heb de mijne vergeten.'

Als je op het Rhijnvis Feith je gymkleren vergeet, moet je ze thuis halen en het uur na schooltijd inhalen. Dan laat Van Beurden je alle spullen poetsen en opruimen terwijl hij zelf gaat koffiedrinken. Geen pretje, dus.

'Tuurlijk, Loewie,' zegt Sandro.

Louisa glimlacht.

'Ze zitten in mijn tas.'

Louisa grijpt zijn rugzak van z'n schouder en begint Sandro's kleren eruit te trekken. Tanja bekijkt het met grote ogen – weet Louisa wel wat ze in haar handen heeft? Ze ruikt er niet aan, kijkt er amper naar... – natuurlijk niet, hij is haar broer!

'Heb je ze?' vraagt Sandro.

'Jep, bedankt.'

'Graag gedaan.' En weg is hij.

Een beha kopen

Marjan staat bij het schoolplein op Tanja te wachten. Tanja kan zien dat ze zich ongemakkelijk voelt. Ze moet haar sjekkie dubbel likken voordat hij plakt en ze kijkt schichtig om zich heen.

'Marjan!' roept Tanja alvast.

Opgelucht zwaait Marjan terug. 'Wat een kakkers,' zegt ze als ze de straat oversteken. Tanja haalt haar schouders op.

'Heb je geld?'

Tanja knikt. Na het gesprekje met tante Annie had ma haar een tientje gegeven om een beha te kopen. Een tientje, dat is veel te weinig!

Toch had ze het zorgvuldig opgeborgen in haar Dagobert Duck. Deze spaarpot had ze voor haar verjaardag gevraagd toen ze in groep acht zat en omdat ze toen nog bijna niks kocht, had ze best veel gespaard.

Sinds ze met Louisa omgaat, haalt ze steeds meer geld uit de spaarpot, ze moet wel, maar het tientje heeft ze niet aangeraakt. Vanmorgen heeft ze de laatste guldens uit Dagobert gerammeld en al met al hoopt ze nu een redelijk mooie beha te kunnen kiezen. Spannend!

Even denken, waar moeten ze beginnen?

Marjan en Tanja glimlachen naar elkaar. Ze zijn niet gewend samen in het centrum te zijn. Normaal blijven ze gezellig in Wijk Noord. Heel eventjes denkt Tanja: als nu maar niemand me ziet. Maar die gedachte bant ze beschaamd uit haar hoofd. Misschien draagt Marjan te veel en te felle make-up, te strakke broeken en weinig modieuze T-shirts. Maar ze is en blijft wel Marjan, haar vriendin door dik en dun. Dat moet van Louisa en de tweedeklassers nog maar blijken. Tanja steekt gezellig haar arm door die van Marjan.

In de V&D vinden ze rekken vol witte, zwarte, rode, blauwe en gestreepte beha's. De cupmaten gaan van AA tot DD – allemachtig! Marjan plukt zo'n grote van het rek en houdt die voor. Ze is niet verlegen, zij draagt al tijden een beha.

'Dit lijkt me een goeie om mee te beginnen!' galmt ze.

'Doe weg.' Van schrik begint Tanja te giechelen. Ze duwt Marjan slapjes tegen d'r schouder, maar durft het borstengevaarte nog niet aan te raken.

'Deze doen dan?' Marjan pakt een cup E van het rek. Er bestaat zelfs cup E! Dat zijn twee zeildoeken aan elkaar genaaid!

'Nee, gekkie.' Nu het om haar en haar borsten gaat, is Tanja's stemvolume gehalveerd.

'Wat zegt u, mevrouw? Wilt u nóg groter?'

'Marjahan.' Tanja durft niet te zeggen dat Marjan serieus moet zijn, maar ze durfde helemáál niet te gaan gieren van de lach bij de aankoop van een beha die ze echt moet dragen!

Behalve de cupmaten, heb je ook nog maten voor je omtrek. Op de beha staat bijvoorbeeld: 70A, 75A, 80A, of 85A. Daarvoor moet je kijken hoe breed je bent. Dat het nog zo ingewikkeld is!

Omdat Marjan zoveel lawaai maakt, komt er vrij snel een verkoopster op hen af. 'Lukt het?' vraagt de vrouw licht geïrriteerd.

'Hartstikke goed,' zegt Marjan.

Kennelijk kijkt Tanja hulpeloos uit haar ogen, want de vrouw trekt ferm een opgerolde centimeter uit haar zak en begint die om Tanja heen te rollen. Tanja schrikt zich dood, ze moet haar armen omhooghouden zodat de vrouw haar omtrek kan bepalen! Al het bloed dat in haar lichaam zit, stroomt naar haar gezicht om van haar hoofd een mooie, volrode bosbes te maken.

'Even kijken, je bent een maatje 70, meid.'

Tanja staart naar de grond en zegt 'O,' maar er komt geen geluid over haar lippen. Ze wacht tot Marjan wat zegt, maar die blijft ook ijzig stil.

'Marjan?' vraagt ze zacht, maar er komt geen antwoord.

Pas als ze zeker weet dat de verkoopster is weggelopen, durft Tanja op te kijken. Tot haar schrik ziet ze dat Marjan óók is vertrokken!

Ze moet eruitzien als een aangeschoten hertje. Hulpeloos kijkt ze om zich heen. Opnieuw fluistert ze: 'Marjan?' Maar daardoor komt nu de verkoopster terug!

De vrouw bekijkt uitvoerig Tanja's borsten en zegt dan: 'Waarschijnlijk heb je cup A, maar misschien al cup B. Het is in ieder geval goed dat je nu een beha aanschaft. Is het je eerste?'

Met rode ogen schraapt Tanja een 'ja' uit haar keel. Waar is in vredesnaam Marjan gebleven?

De verkoopster pakt een maatje 70A en een maatje 70B van het rek. 'Even zien…' En ze begint de lapjes stof voor Tanja's borst te plooien!

'Wil je misschien passen?' vraagt de vrouw.

Tanja schudt haar hoofd zo hard dat ze er sterretjes van ziet.

'Hoeft niet per se hoor,' zegt de vrouw.

Eindelijk, ein-de-lijk, hoort Tanja Marjans stem, die

zangerig zegt: 'Nee hoor, we staan daar. Kom maar mee.'

En Wie Komt Daar Tevoorschijn!

Goos!!

Terwijl Een Verkoopster Tanja's Borsten Zowat Betast!

'Ik denk dat je het beste cup B kunt nemen. Als die toch te groot is, kom je 'm maar ruilen voor een A-cup.'

Zonder iets te antwoorden, grijpt Tanja de stof uit de handen van de verkoopster. Ze frummelt de beha zo klein op als ze maar kan.

'Kijk eens wie er ook in de V&D is?' vraagt Marjan blij – ze heeft helemaal niet in de gaten hoe gênant de situatie is, ze is alleen maar blij Goos te zien. 'Zijn zusje is er ook bij!'

O nee, denkt Tanja. Haar bloed kookt in haar aderen, nog eventjes en haar wangen spatten uit elkaar. Van achter de schap met de onderbroeken en de sokken stapt… Marike tevoorschijn! Marike 't Zand! Marike uit klas 1d! Háár klas!

Van iedereen die ze kan tegenkomen, moet het net Marike zijn. Die zit toch altijd al zo naar Tanja's borsten te staren. Eén keer, bij techniek, moest Tanja met Marike een ding van ijzerdraad maken. Jee, wat zat Marike toen naar Tanja te gluren. Niet te filmen! Ze leek wel een lesbo. En uitgerekend zij moet rondlopen op de lingerieafdeling!

'Hoi,' zegt Tanja. Maar ze denkt: nu ben ik echt voor altijd doodgegaan.

'Hé, wij zitten bij elkaar in de klas,' knikt Marike verheugd.

'Echt waar?' kirt Marjan. Die is zó blij dat ze elkaar kennen, ze kan de hele V&D wel knuffelen, inclusief de verkoopster met al haar beha's! 'Jullie kennen elkaar!' schreeuwt ze hysterisch. 'Dan kunnen we met zijn vieren iets leuks gaan doen!'

Marike glimlacht. 'Heb je een beha gekocht?'

Tanja schrikt. 'Dít?' Haar stem slaat over. Dan ziet ze hoe de bandjes tussen haar vingers door steken. Het is niet te ontkennen: het zijn behabandjes.

Beschaamd kijkt ze Marike aan, maar ineens is het alsof ze Louisa's stem hoort, die zegt: 'Jee, je kan toch wel kalm blijven?'

Tanja haalt diep adem, in gedachten dwingt ze haar hartslag tot rust te komen, ze probeert te glimlachen en zegt: 'Ja. Deze beha wil ik kopen.'

Nog steeds klemt ze het ding stijf vast, maar met vaste tred stapt ze op de kassa af.

'Laten we naar de kroeg gaan!' roept Marjan, die alleen maar aan zichzelf en haar toevallige ontmoeting met Goos denkt. Ze kijkt hem aan met ogen die geen ogen meer zijn, maar glazige bosmeertjes. Hij glimlacht en staart naar de grond.

'Dat is dan vierentwintig gulden vijfennegentig,' zegt de kassajuffrouw. Opnieuw slaat Tanja de schrik om het hart. Ze heeft niet op de prijs gelet! Ze heeft maar twintig gulden bij zich. Shit!

'Vierentwintig gulden vijfennegentig,' herhaalt de vrouw streng.

'Dat heb ik niet.' Tanja zegt het zo zacht dat ze hoopt dat het niet waar blijkt te zijn.

'Heb je niet genoeg?' roept Marjan. De verliefdheid maakt haar stem veel te luid.

Tanja schudt haar rode hoofd.

'Hier heb je vijf gulden,' zegt Goos. Hij legt een muntje neer.

Tanja slaat haar ogen neer. 'Dank je,' zegt ze.

Door haar schaamte heen realiseert ze zich dat Marjan eindelijk een echt aardige jongen heeft uitgekozen om ver-

liefd op te worden. Hij lacht haar niet uit en zegt niets ver-
velends, dat is toch bijzonder.

Het duurt even voordat de dame het alarm van de beha
heeft afgehaald en het ding in een zakje heeft gestopt. Al
die tijd houdt Tanja haar adem in, ze richt haar ogen op
niets anders dan de kassa waar de bon uitkomt.

Als ze zich omdraait, hoopt ze dat Marike als nevel is
opgelost, maar niets blijkt minder waar. 'Goos en Marjan
zijn alvast naar het café,' zegt ze. 'Maar ik weet ook waar
het is.'

Tanja glimlacht zo vriendelijk mogelijk.

Appel-pruimentaart

Waarom weet ze niet, maar bij het woord 'café' dacht Tanja aan wat ze in films heeft gezien: een rokerige ruimte met lelijke mannen aan de bar die bier na bier na bier bestellen. En vrouwen zonder tanden die sigaret na sigaret na sigaret opsteken. Aan het begin van de winkelstraat is zo'n café, 'De Roos', elk weekend schijnt daar te worden gevochten.

Maar waar Marike en Goos hen brengen, lijkt het in geen velden of wegen op een café, als je het Tanja vraagt. Aan het plafond hangen statige ventilatoren, waardoor de ene sigaret die hier misschien wordt opgestoken, geen enkel pufje rook achterlaat. De tafeltjes zijn van licht grenenhout, net als de stoelen. Gerimpelde dametjes drinken kopjes thee met elkaar en ze eten stukjes taart in bonte kleuren – wat zit daar in vredesnaam in?!

In de vensterbank staan veel varens, op de grond staan hoge ficussen. De muziek is… geen muziek.

Het is toch geen muziek? denkt Tanja. Nee, op de achtergrond klinken watervallen en krekelgezang. Staat zoiets ook op cd's, of is hier misschien een fonteintje? Tanja kijkt om zich heen, maar kan nergens een stromend watertje ontdekken.

'Dit is misschien niet zo'n geschikte–,' wil Marike zich verontschuldigen, maar Marjan onderbreekt haar:

'Hartstikke leuk, echt waar!'

Ze giechelt naar Goos, ze is veel te dicht op hem gaan zitten. Hij glimlacht terug, maar lijkt toch niet te weten wat hij met haar aanmoet. Tanja besluit dat ze moet ingrijpen, maar hoe doe je dat?

'Hebben jullie al besteld?' vraagt ze.

'Appel-pruimentaart,' knikt Marjan alsof ze haar hele leven al dergelijk voedsel bestelt. Maar verder dan een patat met en een frikadel speciaal is ze volgens Tanja nooit eerder gekomen.

'*Hoe*?!' vraagt Tanja.

'Is best lekker,' knikt Marike verlegen.

'O? O...'

Marike pakt het korte menulijstje en wijst aan: 'De noten-vruchtenkoek is goed, de wortel-ananastaart vind ik heel vies, en de rabarber-rijsttaart is lekker zoet.'

Met grote ogen kijkt Tanja haar klasgenootje aan. Ze trekt haar wenkbrauwen op. 'O?' puft ze weer.

Marike slaat haar ogen neer. Terecht, vindt Tanja, want wie eet dit nou?

Goos glimlacht: 'Ik wilde Marjan eens iets anders laten zien dan CafetaRia.'

'Leuk he?' kirt Marjan. Ze rolt een sjekkie en Goos geeft haar vuur. Tanja belooft zichzelf plechtig dat ze nooit meer op stap zal gaan met een verliefde vriendin, vooral niet als ze een beha moet uitzoeken.

'Zit je echt elke dag bij de snackbar?' vraagt Marike.

Nu is het aan Tanja de beurt om haar ogen neer te slaan. 'Valt wel mee...'

Marike haalt diep adem en zegt: 'De rooibosthee is populair, maar ik vind zoethoutthee het lekkerste. Als je houdt van een paar smaken door elkaar, kan je ook sterren-mix nemen.'

Hé, denkt Tanja, dat drinken ze bij Louisa ook! En omdat ze verbaasd is iets te horen wat ze kent, herhaalt ze zomaar haar gedachten: 'Dat drinken ze bij Louisa ook.'

Marike lacht. 'Nou, dan is het hier misschien zo gek nog niet!'

Tanja bijt op haar lip. Oei, wat laat ze zich kennen. Gelukkig gaat Marike er niet op door, want Tanja vindt het inderdaad minder erg om in dit 'café' te zijn nu ze drankjes blijken te serveren die anderen, zoals Louisa, ook kennen. Stom misschien, maar zo is het toch.

Marike valt best mee, ze is best aardig.

'Heb je, eh, Olivier nog gezien?' Tanja weet niks beters te zeggen. Het enige wat ze weet, is dat Marike dolverliefd achter Olivier aanloopt.

'Gelukkig niet.' Marike knipoogt.

'O? Ik dacht dat jij…'

'Jij dacht zeker dat ik verliefd op hem ben.'

'Nee. Nou. Ja.'

'Mooi niet!'

'Volgens mij denken meer mensen dat.'

'Dan zitten die er allemaal naast.' Marike glimlacht volwassen, Tanja kijkt haar aan.

Die Marike, denkt ze.

Het kan gestolen worden

Last Christmas
I gave you my heart
But the very next day
You gave it away
Thiiiiis year...

Bonk, bonk, bonk. 'Hou nou toch eens op!' gilt Stefanie. Maar Tanja kán niet ophouden, ook al is het best laat. Ze heeft energie en die moet eruit!

Knalhard staat ze mee te zingen, te blèren zelfs, in twee aan elkaar geplakte wc-rollen. Zo kan ze net doen alsof ze Jennifer Lopez is in de clip van 'Loud'.

'Ma, zeg er dan wat van!'

Over haar eigen lawaai heen, hoort Tanja het stampvoeten op de trap van Stefanie. Tanja springt door haar kamer, ook al is het eigenlijk een rustig nummer. Alle spanning van vandaag moet eruit: Sandro zien, een beha kopen, Marike tegenkomen. Ze rent en schreeuwt en zingt tot ze niet meer kan.

Ondertussen kijkt ze wat er allemaal gestolen kan worden voor haar kamer:

cd'tjes – nee, daar zit alarm op

borstel – jep!

bed – no way José!

make-up – yes!

I'll save me from tears...
I'll give it to someone
special (echo: special)

schriften – jepperdepep, maar waarom zou je dat doen?
pennen en potloden – absoluto
kussen – nop

Daar hoort ze Stefanie weer: 'Mahaaam!!!'
    Tanja wandelt naar haar stereo en verwisselt de cd voor
een verzamelalbum van Marjan. Speciaal voor Steef zet ze
het volume een streepje hoger. Al snel klinkt uit de spea-
kertjes het lied van de Nederlandse cabaretier:

Als ik met kerstmis
naast de pot pis
dan ruikt het onfris
tijdens de kerstmis

Tanja ploft op haar bed en kijkt naar het plafond. Na het
eindfeest van groep acht kregen Marjan en zij poffertjes
van ma, maar doordat ze begonnen te stoeien kwamen die
meer tegen het plafond dan in hun mond terecht. In de
vlekken die de poffertjes achterlieten, probeert Tanja nu
figuren te herkennen.
    'Blam!' Zo, die zit dicht. Steef is de voordeur uitgegaan.
Nou nou, wat kan die boos worden tegenwoordig.

Had ze haar knuffelbeer 'Poes' kunnen stelen? Welzeker!
Toch?
    sokken – prima
    jas – dacht het effe niet
    spijkerbroek – neenee

beha –
beha – pfft!

Tanja trekt haar beha-bandjes recht, stapt van haar bed en
gaat achter haar bureautje zitten. In haar schrift schrijft ze:
De heerlijke verleiding van het handdoekje om de natte man.
Ze glimlacht. Als ze Louisa heette, was haar pen misschien
gestolen goed geweest.

De natte man

DE HEERLIJKE VERLEIDING VAN HET HANDDOEKJE OM DE NATTE MAN

Hebt u ooit stilgestaan bij de heerlijke verleiding van het handdoekje om de natte man? Het handdoekje, liefst egaal van kleur, bedekt precies dat gedeelte tussen heup en dijbeen dat het beste bedekt blijft.

Dan blijft namelijk het gedeelte over waarmee wij onze test kunnen uitvoeren: in hoeverre is deze natte man de ideale man?

Tanja tikt haar pen tegen haar tanden. Dan buigt ze zich weer over haar schrift.

Test 1) De voet
  Men kijke of de voet bonestakerig dan wel vettig van aard is. Bonestakerige mannenvoeten kunnen goed lopen en hebben veel uithoudingsvermogen om bijvoorbeeld uw lunch of tas te halen dan wel dragen. Vettige voeten hebben te veel en te lang op stoelen en banken gezeten of gelegen – deze dient men te vermijden.

Test 2) De enkel en de kuit
  Men checke in hoeverre haargroei van de natte man een

bosaap dan wel een babyvarken heeft gemaakt. Het liefste willen wij een 'ertussenin-man', zodat de druppels van de douche zijn haren omlaag dwingen.

De onderbenen van Sandro...

Tanja lacht om zichzelf – wat zit ze nou aan onderbenen te denken! Bijna had ze haar broekspijpen opgetrokken om te kijken of haar onderbenen wel passen naast die van Sandro. Belachelijk!

Test 3) De knie en de bovenbeen

Men lette op de eerlijke bovenb– Hee, is het nou 'de' of 'het'? Met een hoorbare 'tsss' streept Tanja 'de' door en ze schrijft er 'het' voor in de plaats. *Men lette op het eerlijke bovenbeen: stevig van opzet en vrij van bebouwing. Dat wil zeggen, als we een oerwoud willen, gaan we wel naar de jungle.*

Zijn de benen geschikt om u ertussen te vleien op een zachte zomernamiddag? Kunnen de benen u een veilig onderkomen bieden in koude winters? En vooral van belang: zijn de benen hiertoe bereid?

Test 4) Het handdoekje

Men ontwijke het handdoekje zoveel men kan!

Tanja grinnikt alsof ze is betrapt op onzedelijk handelen – ze zou niet durven! Voor de zekerheid kijkt ze even naar haar kamerdeur. Die zit dicht, natuurlijk.

Test 5) De buik

Men teste eerst hoe zacht en soepel deze is, en controlere daarna hoe stevig en gespierd dit lichaamsdeel tevens is.

Sandro had al haren op zijn buik. Vanaf zijn navel ging

een ragfijn maar duidelijk lijntje van zwarte haartjes naar beneden. Haartjes!

Test 6) De armen
  De armen zijn het belangrijkste wat wij beoordelen aan de natte man met het omgeknoopte handdoekje. Het uiterlijk van deze armen is van ondergeschikt belang. Belangrijk is hoe warm deze om u heen worden geslagen, hoe zacht zij u tegen zich aantrekken.

Tanja staart voor zich uit, naar de muur met de fotootjes uit groep acht, en ze glimlacht. Stel je toch eens voor. Zij staat gewoon ergens, bijvoorbeeld op het schoolplein, en Sandro legt zijn heerlijke armen om haar schouder. Langzaam trekt hij haar tegen zich aan, tot ze met haar hoofd tegen zijn zoetgeurende borstkas ligt...

Test 7) De borstkas
  Deze is bij voorkeur zacht genoeg om heerlijk uwe oren tegenaan te vleien. Deze ruikt zoet genoeg om telkens weer vredig weg te dromen.
  Deze is... – wat zijn de eisen voor een goede borstkas? Breed? Smal? Behaard? Kaal?

Tanja haalt haar schouders op. In de borstkas klopt zijn hart dat, hopelijk, overloopt van liefde voor haar.
  Sandro had al wat donkere haren op zijn borstkas, maar nog niet veel. Wel was hij gespierd, hij zag er gespierd uit. Maar niet té, het was precies goed; gespierd en toch normaal. Ze voelt hoe haar wangen langzaam warm worden. Snel zet Tanja haar pen op het papier.

Test 8) Het gezicht
   Dit is bij voorkeur het gezicht van Sandro Paula. Met zijn donkere, glimmende ogen. Zijn volle, rozerode lippen. De vrolijke lach om zijn mond. De mooie donkere wenkbrauwen.

Giechelig trekt Tanja haar kleren uit. De beha kan ze ondertussen vrij gemakkelijk van achteren openschuiven, dat was een kwestie van elke keer op de wc oefenen. In de badkamer poetst ze haar tanden en kamt ze haar haren. Tip van Louisa: als je 's nachts je haren in een staart doet, heb je 's morgens minder klitten.

In een T-shirt loopt ze de trap af om haar ouders goedenacht te wensen. Pa en ma zitten voor de buis; ma plakt ondertussen een bonnenboekje van de supermarkt, pa drinkt een biertje.

'Is Steef nog steeds weg?' vraagt Tanja.

'Laat d'r maar een beetje,' zucht ma.

'Ik deed niks!'

'Ze hep 't effies moeilijk, Tan. Af en toe moet je d'r een beetje laten.'

'Moeilijk?!'

'Je weet wel, meisjesdingen.'

'Nee?'

'Ach, dat komt wel. Tegen die tijd moet Steef jou ook een beetje laten. Maar nu moet jij haar laten.'

'Ik doe niks!'

'Dat weet ik wel.'

'Tsss,' zegt Tanja voordat ze ma een kus op haar wang geeft. Pa krijgt een kus op zijn voorhoofd.

'Welterusten.'

'Lekker slapen, kind. Let je op dat je de wekker goed zet?'

'Ik zet mijn wekker altijd goed!'

'Want op Steef hoef je voorlopig niet te rekenen, dat blijft nog wel even zo.'

'Nou ja, zeg.'

'Probeer maar op tijd wakker te worden.'

'Dat probeer ik altijd!'

'Fijn. Lekker slapen, kind.'

'Ja, doei.' Met hoog opgetrokken wenkbrauwen stampt ze de trap op – waar sloeg dát nou weer op?!

Eenmaal in haar kamertje doet ze de deur stevig dicht. Voor de zekerheid zet ze haar bureaustoel ertegen. Kan Steef niet per ongeluk expres binnenvallen. Ze trekt haar T-shirt uit en kruipt in bed.

De vrolijke lach op zijn gezicht verandert in een serieuze blik. Een onzekere, maar toch gretige blik. Sandro's donkere ogen glimmen, ja, ze glimmen precies als de ogen van Marjan wanneer zij Goos tegenkomt. Ai, wat moet Sandro verliefd op haar zijn.

Hij legt zijn warme armen om haar heen. Langzaam trekt hij haar naar zich toe. Dan drukt hij zijn rozerode lippen op de hare. Hij kust haar. Sandro Paula kust haar. En alle meisjes zijn jaloers...

Nog even steekt ze haar benen in de lucht. Ze glimlacht. Dat zijn prima onderbenen! Daar passen die van Sandro prachtig naast! Ze voelt een golfje van plezier door haar maag, hals en keel trekken, rechtstreeks richting haar wangen, die vanzelf oplichten. Sandro, Sandro, moet ze iemand over hem vertellen?

Maar wie? Marjan kent hem niet en Louisa – Help, Louisa! Wat moet die wel denken! Misschien vindt ze het hartstikke leuk. Maar, jee, straks wordt ze boos en wil ze niet meer met Tanja omgaan. Dat zou vreselijk zijn! Misschien worden de tweedeklassers óók boos. Misschien is Louisa zelfs zo boos dat ze het in de klas vertelt en er voortaan niemand meer met Tanja wil praten!

Nee, Louisa mag het zeker niet weten, in ieder geval niet voordat duidelijk is of Sandro ook op Tanja valt. Misschien is het een goed idee om Marjan over hem te vertellen, dan is Tanja het tenminste even kwijt. Tenslotte zwijmelt Marjan de hele dag over Goos, dan kan ze net zo gemakkelijk ook met Tanja meezwijmelen.

Tanja draait zich om en sluit haar ogen. En opnieuw droomt ze:

De vrolijke lach op zijn gezicht verandert in een serieuze blik...

Dus hier zitten jullie

Pfft, waarom moeten ze zo nodig twéé keer per week gymmen?! Bij Marjan en Steef op het vmbo gymmen ze nooit! Toch?

Omdat het langzamerhand kouder wordt, gymmen ze niet meer buiten op het veld achter de school, goddank, maar binnen in een van de lokalen. Buiten doen ze vaak aan softbal, verspringen, hockey of iets anders waar je een goede conditie voor nodig hebt. Binnen kiest Van Beurden vaker voor charmantere sporten: trampolinespringen, volleybal, of, zoals vandaag, apenkooi. Helaas voor Tanja heeft hij wéér zijn oog op haar laten vallen om iets voor de klas te komen voordoen. De laatste weken mochten Linda, Ravi en ook Marike zichzelf voor lul zetten, maar vandaag is de eer weer aan Tanja, hoera.

Daar staat ze dan: met dikke, hoge sokken in haar gympen in een wanhopige poging om de aandacht af te leiden van de rest. Een belachelijk korte meisjesbroek en een T-shirt waarvan de strakke, ronde kraag met rimpels aan de stof is vastgemaakt. Hulpeloos kijkt ze naar haar klasgenoten, die haar vanaf de zijkanten uitdrukkingsloos aanstaren. Ze trekt een debiel hoofd naar Louisa, maar die reageert er niet op. Misschien is niet goed te zien dat Tanja scheel kijkt en een apensmoel trekt, want ze doet het natuurlijk niet zo opvallend als wanneer ze met z'n tweetjes zijn. Stel je voor dat Van Beurden haar ten overstaan van de hele klas terechtwijst!

Daar komt-ie aan, de lummel. 'Vandaag gaan we apenkooien.'

'Yeah,' zeggen sommigen enthousiast. Van Beurden doet ook alles om populair gevonden te worden, denkt Tanja.

'Maar we gaan niet gewoon zomaar apenkooien.' Hij zet een stap in haar richting. Tanja rolt alvast met haar ogen. Hij zet nog één stap, twee stappen dichterbij haar en... wram, daar ligt zijn kleffe hand op haar rug. Tanja fronst haar wenkbrauwen en trekt met haar mond alsof iemand er zojuist een hand wormen ingeduwd heeft. Sommige meisjes giechelen, maar Louisa vertrekt geen spier. Hij legt 'm ook altijd precies daar, waar de sluiting van je beha zit, alsof hij even moet checken of je er wel eentje draagt, of zo. Ze draait geïrriteerd met haar schouders en even laat Van Beurden los, maar al snel ligt die warme verrassing er weer. Marike zit wél te stralen, Tanja geeft haar een snelle knipoog. Een knipoog van herkenning. Marike beantwoordt 'm met een glimlach.

Laatst hebben ze een hele avond over leraren gesproken. Een paar weken na hun eerste gezamenlijke middag in het macrobiotische theehuis zat Marike ineens bij Goos achter op de fiets toen die bij CafetaRia aankwam. In eerste instantie kreeg Tanja alweer een hartverzakking, het duurde tien minuten voordat de bibber uit haar knieën was verdwenen.

Ze heeft zich die avond in bed nog afgevraagd waarom ze zo schrok van Marikes onverwachte verschijnen. Geen idee. Ze was gewoon lekker de hele dag met Marjan geweest. Beetje slenteren, dromen over Goos, elkaars haren vlechten, patatje halen bij Ria, flauwe grapjes maken met de boerenjongens die daar ook altijd rondhangen. Gewoon, lekker Wijk-Noordgedrag, zeg maar. En toen kwam zíj ineens. Toen moest Tanja eigenlijk Rhijnvis Feithgedrag vertonen, maar dat kon niet, want ze zat midden tussen de Noordwijkers.

Lange tijd staarde ze naar de vlekken op het plafond en dacht ze erover na. Maakt het dan zo'n groot verschil of ze bij Marjan, Louisa of Marike is? Ze dacht dat ze altijd gewoon Tanja was, maar kennelijk is Tanja meer dan één manier van doen.

Marike lijkt altijd dezelfde te zijn. Op school, in het theehuis, bij Goos achter op de fiets. Wil Tanja dat ook? Ach, eigenlijk vindt ze het wel leuk om in verschillende sfeertjes mee te kunnen, zich erin te kunnen passen.

Toch schrok ze. Misschien schrok Marike ook. En toen? Moesten ze patat gaan bestellen? Vragen wat iemand wil eten, is meestal wat bij Ria het ijs breekt, maar misschien had Marike al zoveel noten-vruchtenkoeken op, dat ze geen vette bek meer wilde halen! Misschien vond Marike het wel heel banaal om te zeggen 'een vette bek halen'. Zeker weten dat Louisa de uitspraak zou bestraffen!

Ze wist niet wat ze moest zeggen, dus hield ze haar mond. Dat was een goede keuze. Langzamerhand – naarmate Goos meer door Marjan in beslag werd genomen – zocht Marike Tanja's gezelschap.

'Dus hier zitten jullie altijd.'

Tanja knikte en haalde haar schouders op.

'Goh.'

Om maar iets te zeggen te hebben, zei Tanja: 'Op het menu staat patat met mayo of pindasaus. Eventueel een frikandel speciaal en als je echt lekker wilt snacken, moet je een berenhap bestellen. Zal ik je uitleggen wat het is?'

Marike glimlachte.

Tanja lachte terug. 'In dit soort gelegenheden wordt cola of bier gedronken. U kent dat?'

Marike antwoordde: 'Ik heb ervan gehoord, ja.'

Toen Tanja zei: 'Kopjes thee worden helaas niet geserveerd,' leek het ijs gebroken.

'Ik zit niet altijd achter een stuk appel-pruimentaart, hoor.'

'Ik niet altijd achter een patatje met.'

'Nee.'

Toen hield Tanja de deur voor haar open, en stapten ze naar binnen. Helaas voor Marike was ze nieuw bloed, dus heel mannelijk Wijk Noord moest een reactie geven, variërend van 'dag meisje' tot 'wat een stuk' en 'hé lekkertje, kom eens even hier.'

'Opzouten jullie!' bitste Tanja tegen ze, op de een of andere manier vond ze dat ze Marike moest beschermen. Misschien omdat Marike zo klein was, de kleinste van de klas, Marike was bovendien de jongste. En ze was nog helemaal plat, als een leeg schoteltje, zo plat dat het eigenlijk schattig was. Marike zou niet opvallen als ze terug zou gaan naar groep acht. Of naar groep zeven.

Dus tegen Marike zei ze: 'Niet op letten, hoor, het zijn gewoon eikels.'

Maar natuurlijk hoorden de jongens dat.

'Tanja, wat zeg je nu?' riep Aram. 'Wij eikels? Ik dacht nog wel dat je van me hield!'

'Ja, hij is een eikel, ja,' zei Achmed, wijzend op Mike. 'Maar ik niet, ik ben een lekker stuk.'

'Tanja, wie is dat meissie dat je bij je hebt,' wilde Mario weten – nota bene de ergste lul van allemaal, als je het Tanja vraagt. Ze zou niet gemakkelijk vergeten hoe hij Marjan had misbruikt, de klootzak. Maar juist nu besloot Marike haar mond open te doen: 'Ik ben Marike.'

'Marike, Marike, laat mij eens naar je kieke,' zei Mario.

'Pleur op, Mario,' zei Tanja boos.

Maar Marike begon te giechelen – wat was er mis met haar?! Kon ze geen foute van leuke jongens onderscheiden?! Gelukkig riep Mike de jongens naar buiten, er was iets aan zijn brommer wat ze moesten zien.

'Goos is helemaal ingeburgerd, hè?'

'Yep.'

'Goh.'

'Is dat niet goed?' vroeg Tanja.

'Jawel hoor, maar…'

'Ria, doe mij twee frikandellen speciaal van je.' Uit ongemak werd Tanja iets lomper dan ze normaal was, dat was nieuw voor haar, want normaal probeerde ze juist charmanter te zijn. Ze nam een slok uit haar blikje cola en vroeg: 'En wie vind jij leuk in onze klas?'

Marike deed haar mond wijd open, sloot hem toen en zei uiteindelijk: 'Niemand.'

Tanja glimlachte en vroeg op overdreven toon: 'En Olivier dan?' Natuurlijk had Marike al eens ontkend dat ze verliefd op hem was, maar Tanja had bedacht dat ze dat deed omdat ze niet wilde dat iedereen op haar lette. Bovendien liep Olivier overduidelijk met Daphne, dus dat Marike hem wilde, was nogal sneu.

'Olivier was,' Marike stopte even, 'hij was een afleidingsmanoeuvre.'

'Afleidingsmanoeuvre? Toe maar!'

Even waren ze stil. Buiten waren de jongens aan het stoeien. Goos knokte ook mee, Marjan stond er overdreven hard bij te lachen.

'Leuke broer heb je.'

'Ja,' zei Marike. Ze sloeg haar ogen neer.

Weer waren ze even stil.

'Tweemaal frikandel speciaal!' riep Ria veel te hard door haar bijna lege zaak.

'Frikadel,' fluistert Marike.

Tanja haalde ze op en schoof een plastic bakje naar Marike. 'Alsjeblieft.'

'Dankjewel.' Onhandig begon Marike het ding te snijden, Tanja besloot er niks van te zeggen.

'Is Marjan je zus?' vroeg Marike.

Met volle mond antwoordt Tanja: 'Nee, vriendin.'

'O ja.'

'Ze zit op het vmbo in de Van Karstenstraat.'

'Weet ik.'

'Van Goos?'

Marike knikte. Ze had een klein hapje van de frikadel genomen en zat er als een ziek konijntje op te knabbelen.

'Jij kunt goed met Van Baal opschieten, hè?' vroeg ze.

'Met Van Baal? Hoezo?'

'Hij trekt jou toch een beetje voor?'

'Mij?! Ga weg!'

Marike haalde haar schouders op. 'Geeft je geen straf als je te laat komt...'

'Nou ja!' riep Tanja hard. 'Dus jij vindt dat ik straf moet krijgen.'

'Neenee.'

'Wees liever blij voor me.'

'Maar daaruit blijkt toch–'

'Ja, misschien vindt hij me aardig. Jeeminee, er zijn toch ook leraren die *jou* aardig vinden?'

'Denk je?'

'Natuurlijk! Slobber bijvoorbeeld. Of Van Arkel van Aardrijkskunde.'

'Neeee.'

Tanja glimlachte. 'Je weet niet wat er door die oude

mannenhoofden spookt. Kijk maar uit, met je achtenhalf gemiddeld!'

Marike kreeg een rood hoofd.

'Weet je wie ik echt een eikel vind?' Tanja ging zachter praten en boog zich voorover. 'Van Beurden.'

'Van gym?'

'Brrr.'

'O, ik dacht...'

'Wat dacht je nu weer? Dat hij mij óók voortrekt?'

'Ja.'

'Pfft.' Tanja glimlachte.

Opnieuw zette Marike haar vork onhandig in de frikadel. 'Je bent toch goed in gym?'

'Ik ben he-le-maal niet goed in gym! Ik haat gym! Weet je wat hij doet?' Opnieuw boog ze zich voorover, maar nu viel haar op dat ze in deze speciale roddelstand ging zitten, waardoor ze in de lach schoot.

'Nou?' vroeg Marike superzacht.

'Hij legt zijn hand op je rug.'

'Ja.'

'Aargh!'

'Ik dacht dat iedereen dat leuk vond.'

'Vreselijk!'

'Goh.'

'En dan voelt-ie aan je behabandje.'

'Niet!'

'Heb je dat niet gemerkt?'

'Ik...' Marike sloeg haar ogen neer.

'O. Die draag jij niet, hé?'

Marike schudde stilletjes haar hoofd.

Hieraan moet Tanja allemaal denken nu ze in gymtenue voor de klas staat en Van Beurden zijn hand weer eens op haar rug heeft gelegd. Het gesprek met Marike duurde bijna de hele avond, maar Tanja herinnert het zich in een paar seconden. Ze glimlacht.

'Hebben jullie het begrepen?' vraagt Van Beurden aan de klas. 'Dan doen Tanja en ik het nu voor.'

Tanja zet grote ogen op: wát moet ze voordoen? Ze heeft helemaal niet geluisterd! Er zit niks anders op dan voorzichtig te vragen: 'Eh, wat doen we voor?'

De klas begint te lachen...

Maaike is verliefd

O, boom wat ben je wit
Weet je waar mijn liefste zit?
Sinds hij mij verliet
Lig ik te huilen van verdriet

Arthur ligt op de versleten leren bank en houdt zijn buik vast. 'Dit is niet te gelóven!' roept hij. 'Fantastisch!'

Michiel de saxofonist speelt een riedeltje mee en ook de pianist probeert welke tonen lekker klinken bij de muziek.

'Is dit een nummer van Vader Abraham?' zeikt Olivier. Maar de muziek staat zo hard en er wordt zo gelachen, dat niemand hem hoort. Nou ja, Tanja doet alsóf ze hem niet hoort.

Sinds ze weten dat ze het kerstoptreden mogen verzorgen, is Olivier het nergens mee eens. De nummers vindt hij te braaf, speciale kerstkostuums vindt hij kinderachtig en zijn rol in het achtergrondkoor is hem te klein. Olivier wil hele stukken solo zingen, of anders een gitaarsolo spelen maar daar zijn nou eenmaal andere mensen voor. Natuurlijk wil Tanja ook best meer *in the picture*, maar, houdt ze zichzelf voor, dat komt nog wel…

Tanja vindt de kostuums niet stom. Marjan wel, die lacht zich een breuk als Tanja vertelt dat ze van plan zijn kerstmutsen met lichtjes te dragen. Op aanraden van

Louisa wil Tanja zelfs proberen een sexy kerstjurkje te maken, van rode stof, met een witte bontrand onderaan. Eventueel doet ze er rode sloffen bij aan, met pluizige bollen erop. Het maakt haar niet uit, zij vindt het juist lachen.

Eerst had ze geen idee hoe ze zoiets moest maken, maar mevrouw Fleur van handenarbeid wil haar vast wel helpen. (De koe, zei Mike over haar, terwijl ze heel aardig blijkt te zijn.)

Als ze wil, mag Giechelende Maaike – zo noemt Tanja haar – ook een eigen jurk maken. Anders staat ze zo in haar eentje in foute kleding, pfft, dat kind weet zich écht niet te kleden.

Olivier vindt het allemaal te suf voor woorden. Een aantal nummers, de Nederlandstalige, weigert hij mee te zingen – blij toe, vindt Tanja. Ze zijn pas een paar weekjes bezig en de spanning is nu al te snijden. Tanja heeft geen idee hoe dit goed kan komen.

Van Tanja mag hij gaan, hoor, echt wel.

Rineke schalt door de oefenruimte, Arthur zingt keihard mee – Tanja heeft de tekst uitgeschreven en voor iedereen gekopieerd:

Toen het begon te sneeuwen
Lag ik het uit te schreeuwen
Want jij was weggegaan
Waarom zie je mij niet staan?

Met een harde klap zet Olivier zijn cola neer en springt op. Dan zegt hij dat hij ermee ophoudt. Iedereen kijkt op. Hij pakt zijn jas en gaat weg. Nounou, denkt Tanja. Ze doet alsof ze is geschrokken, maar stiekem denkt ze toch: mooi, die is weg.

Arthur zet de muziek uit. Maaike kijkt alsof zojuist

iemand haar laatste zangpartij heeft afgepakt, wat is ze toch een domme doos. 'Wat doen we nu?' vraagt ze zacht aan Arthur.

En dan ineens dringt het tot Tanja door: Maaike is óók verliefd! Allehemels!

Al die weken heeft Tanja zich geërgerd aan Maaikes schaapachtige gedrag. Haar gefluister en haar roodgekleurde wangen. Maaike zingt veel te zacht en is veel te meegaand. Maar ineens begrijpt Tanja dat ze al die dagen staat te blozen naar haar onbereikbare liefde: Arthur.

Tanja's lippen krullen. Maaike is niet een beetje verliefd, maar smoor. Misschien vindt Arthur haar andersom óók leuk. Daar heeft Tanja geen idee van! Zo geïrriteerd was ze over Oliviers onvrede, zo in de wolken met Sandro, zo trots op haar muzikale inbreng, dat ze niet zag hoe hopeloos verliefd Maaike is!

'Ja, wat doen we nu?' herhaalt Tanja. Ze merkt dat ze oprecht hoopt dat Arthur ook op Maaike is, dat zou leuk voor haar zijn.

Tanja heeft zich vaak afgevraagd waarom Louisa niet doorheeft hoe verliefd Tanja is op Sandro, maar nu begrijpt ze dat het kan. Tenslotte had zij Maaike ook niet door. Een kleine opluchting voelt ze, dit betekent dat het maanden kan duren voordat Louisa begrijpt dat Tanja haar broer zo'n lekker ding vindt. Gelukkig maar. Als het zo weinig opvalt, kan ze misschien zelfs weleens een voorzichtige poging bij hem wagen?

Ineens voelt ze ongeduld door haar bloed stromen. Shit, ze wil eigenlijk niet meer naar De Koffiesjop. Ze wil naar Marjan om over Sandro te kunnen praten. Ze moet een plan bedenken om de 'man met de handdoek' te versieren. Shit! Dat belooft wat!

Wil jij ook stelen?

'Twee espresso, een cappuccino en twee koffie verkeerd,' zegt Louisa tegen de serveerster. Ze knipoogt naar Tanja. 'Ik betaal.'

Tanja glimlacht.

'Toe maar, ben je rijk geworden?' lacht Nikki.

'Net zo rijk als jij,' lacht Louisa terug.

Het is Tanja wel duidelijk dat Louisa doelt op een van hun jat-ervaringen. Kennelijk hebben ze onlangs veel geld uitgespaard. Tanja probeert te ontdekken waarmee: dragen ze nieuwe truitjes? Een nieuwe broek? Schoenen, sokken? Maar deze meisjes hebben zoveel kleding en lenen bovendien nog vaak van vriendinnen, dat Tanja niet zou weten wanneer ze iets nieuws dragen en wanneer niet.

Ze wil wel meepraten, meelachen, in ieder geval weten waar ze het over hebben. Maar Louisa heeft haar nog nooit echte details over het stelen verteld. Tanja durft er niet naar te vragen. Ze weet dat het nergens op slaat, maar toch voelt ze zich soms een kleine kleuter omdat ze nog nooit iets heeft gestolen.

'Was het leuk bij de band?' vraagt Saleena.

Vanaf het moment dat Tanja besloot niet langer verlegen op de tweedeklassers te reageren, maar gewoon normaal hun vragen te beantwoorden, gaat het beter. Een paar keer hebben ze zelfs uitbundig met elkaar gelachen. Ja, het gaat echt al stukken beter.

'Olivier zat weer eens te zeiken.'

'Alweer?' vraagt Saleena.

'Wanneer niet. Vanmiddag liep hij gewoon weg.'

'Laat 'm lekker gaan.'

'Geen idee waarom de anderen dat niet willen. Tss, hij zit in het achtergrondkoor, hoor, hij is gemakkelijk te vervangen.'

'Precies.'

'Misschien,' zegt Louisa en ze buigt zich naar voren, 'misschien is hij op een *andere* manier van belang.'

Nikki en Merel glimlachen.

'Bedoel je dat hij misschien geld meebrengt dat ze nodig hebben?' Saleena heeft pretlichtjes in haar ogen.

'Misschien is de zanger eigenlijk verliefd op hem,' knipoogt Merel. Tanja doet alsof ze haar vinger in haar keel steekt.

'Dat is het,' knikt Louisa.

'Ik denk dat hij hem nu chanteert!' Enthousiast kijkt Tanja de anderen aan – dit was toch een leuke bijdrage aan het gesprek! Saleena legt haar hand op Tanja's schouder en zegt: 'Dat moet het zijn. De jongen heeft geheime informatie.'

'Die Olivier...' Louisa laat zich weer achterover zakken.

'Ja,' knikt Tanja, 'zoiets moet het zijn.'

Als de serveerster hun koffie brengt, laten ze suikerklontjes in hun kopjes glijden en ze roeren zwijgend.

'Heb je een nieuwe ring?' vraagt Tanja aan Saleena. Ze heeft ontdekt dat het ook slim is om iets aan de ander te vragen als je contact zoekt. Helaas moet je dan wel een slimmere vraag stellen, want Saleena schudt haar hoofd en daarmee is het gesprek alweer afgelopen. Opgelaten doet Tanja een derde klontje suiker in haar koffie. Ze roert net iets te hard, een klein scheutje golft over de rand. Onhandig veegt ze het weg en ze likt haar vingers af. Saleena glimlacht.

'Misschien is Olivier geïrriteerd omdat Daphne hem niet wil,' zegt Tanja. Ze heeft ook geleerd dat het helpt om over anderen te praten als je zelf niks weet.

'Ja,' zegt Louisa, 'maar ze schrijven toch briefjes onder de les, je weet maar nooit, misschien lukt het hem.'

'O. Ja.' Tanja neemt voorzichtig een slok. Ze vindt het ongelooflijk dat Daphne, het mooiste meisje uit de klas, iets in Olivier lijkt te zien, de grootste Klier van Hier. Ze is niet vergeten hoe hij probeerde van haar de pispaal te maken, met zijn stomme gerijm op haar naam. 'Daar is Tanja, de piranha.' Of dat achterlijke: 'Tanja drinkt alleen maar ranja.' Omdat hij verder geen rijmwoorden op haar naam weet, de eikel.

Maar sinds Tanja hem tegenkwam in het zwembad, zingt-ie ineens een toontje lager. Mooi zo. Ze zag hem wel naar Marjan staren, hoor, naar haar borsten. Tanja glimlacht; Marjan had hem nog goed te pakken. 'Heb je je tong verloren?' vroeg ze. Ze zei dat-ie schijterig was en een kakker en daarna was Tanja van het ergste geklier af, gelukkig.

Linda Wittebrood had minder geluk, die heeft hij bijna van school getreiterd. En toen ze haar achternaam had laten veranderen in 'Wilfers', maakte hij ervan 'Linda wil vers wittebrood.' Ha. Ha. Ha.

Leuk hoor, Olivier Treiterkoerier.

Terwijl ze zich haar koffie verkeerd laat smaken – dat derde suikerklontje deed het 'm! – zingt het in haar hoofd:

Ken je een grotere klier
Dan onze eigen Olivier?
Deze treiterkoerier,

67

de etter zonder manier,
had het grootste plezier
om als een kwaaie pier
te zorgen voor displezier.
Ken je een grotere klier
dan onze eigen Olivier?
Was hij maar hier,
dan plette ik 'm als een mier!

Het is het langste rijmpje dat ze ooit heeft gemaakt. Ze heeft het niemand echt serieus laten lezen, maar Marjan vond het bijvoorbeeld geweldig en heel knap. Toen hebben ze nog geprobeerd zoiets met 'Mario' te doen:

Mario
is maar zozo
wij vinden hem een klojo
en een lelijke dombo

Nou ja, hoe het precies ging, weet ze niet meer, maar uiteindelijk kwamen ze gierend van de lach bij Ria binnen.

Misschien, denkt Tanja nu, moet ik mijn Olivier-rijm eens aan Louisa voordragen!

'Ik heb nog haarlak nodig,' zegt Nikki. 'Gaan jullie mee?'

'Tuurlijk,' knikt Merel. Saleena staat op en Louisa ook.

'Ga je ook mee?' vraagt Louisa aan Tanja.

'Waarheen?'

'Het Kruidvat.'

'O. Ja. Natuurlijk.' Ze zet haar kopje neer. Langzaam dringt tot haar door: dit is het. Nu gebeurt het. Nu gaan ze stelen. En zij mag mee. Vol spanning, maar ook trots trekt ze haar jas aan. Wat, als ze worden gepakt? Het liefste was ze nog even gaan plassen, ineens lijkt het of ze het bijna in haar broek doet, maar Nikki, Merel en Saleena staan al buiten. Louisa houdt de deur voor haar open. Als Tanja erdoorheen stapt, glimlachen ze geheimzinnig naar elkaar.

Met zijn vijven lopen ze door het Kruidvat. Ze hebben zich verspreid, alsof ze de winkel eigenlijk inspecteren. Saleena staat bij het snoepgoed, Merel bij de haarspeldjes, Nikki bij de haarlak, Louisa bekijkt de make-up. Tanja staat als gebiologeerd naar het assortiment maandverband te kijken. Moet ze nu iets doen?

De kassajuf fronste haar wenkbrauwen toen ze de meiden zag binnenstappen. Zou ze hen doorhebben? In ieder geval vermoedt ze iets, zeker weten, pfft, zal je zien dat ze nu worden gepakt! Tanja voelt haar wangen gloeien. Ziet die vrouw het ook?

'Heb jij nog nieuwe haarlak nodig?' zegt Nikki hardop door de winkel.

'Nee.' Saleena schudt haar hoofd.

'O.' Nikki praat nog steeds te luid, maar loopt nu naar de andere tweedeklassers.

'Wil iemand lila nagellak?' vraagt Louisa.

'Nee,' schudt Merel.

'Tanja?' vraagt Louisa.

'Nee.' Haar stem slaat over.

'Zullen we dan maar gaan?'

De meiden knikken tegelijk en lopen de deur uit. Tanja ook. Als ze door het magnetische poortje loopt, knijpt ze haar ogen dicht. Maar er gebeurt niks. Bij niemand niet. Geen alarm, geen politie, geen rode zwaailichten.

Saleena glimlacht naar Merel. Nikki glimlacht naar Saleena. Louisa glimlacht naar Tanja. Die glimlacht terug. Ze zeggen niks. Nog zeker vijfhonderd meter lang zegt niemand iets.

Pas nadat Nikki 'mooi' heeft gezegd, durft Tanja te vragen: 'Heb jij net ook iets meegenomen?'

'Lila nagellak.' Trots haalt Louisa 'm uit haar zak. 'Wil je 'm proberen?'

Tanja lacht.

'Of probeer je het misschien liever zelf?' vraagt Louisa.

'De nagellak?'

'Nee...'

'O. Dat!' Tanja kijkt naar de stenen onder haar voeten en glimlacht. Wat wil ze? Stelen? Niet stelen? Natuurlijk heeft ze net overwogen iets mee te nemen. Jeeminee, wat was het spannend! Ze haalt haar schouders op. 'Kan ik niet, joh.'

'Ik leer het je.'

Tanja kijkt haar vriendin aan. Die knikt opgewonden – Louisa zou het zeker leuk vinden om terug te gaan. Tanja eigenlijk ook. Stelen... Jeetje, wat zou ma ervan zeggen? Of Marjan?

'Oké.'

'Leuk.'

'Ja.'

Marjan is gekust

Ze heeft het flesje nagellak. Het ligt in haar hand. Nu rustig om je heen kijken. Niet rood worden, niet zweten. Niemand let speciaal op haar. Toch?

Louisa staat aan de andere kant van de drogisterij bij afslankpoeders te kijken. De tweedeklassers zijn niet meegegaan, maar Louisa zei dat ze best meteen weer konden stelen zolang ze maar niet naar het Kruidvat zouden gaan.

Tanja zucht. Met haar andere hand woelt ze een beetje door de bak lippenstiften, ter afleiding. Ze laat duidelijk zien dat ze er geen een meeneemt. Terwijl ze nog eens luid zucht – komt ze zo ontspannen over? – laat ze de nagellak in haar jaszak glijden. Please, laat niemand het gezien hebben.

Hopelijk valt hij door het gat in haar jaszak. Als hij eenmaal in de voering zit, kunnen de verkoopsters amper bewijzen dat ze heeft gestolen. Louisa trekt haar wenkbrauwen op. Tanja knikt voorzichtig.

'Ik zie niks,' zegt Louisa luid.

'Ook niet.' Opnieuw slaat haar stem over.

'Kom, we gaan.'

Terwijl Tanja achter Louisa aan loopt, denkt ze: 'Laat het alarm niet afgaan, please please please.'

Ze wandelt tussen de poortjes door. Ze houdt haar adem in. Louisa glimlacht naar haar, maar zegt niks. Tanja houdt nog steeds haar adem in. Door de zenuwen duizelt het in haar hoofd. Ze lopen door de winkelstraat, over de Geesterweg langs Douwes huis naar de Burgemeester Lievegoedsingel. Pas als ze uit het centrum zijn, neemt Tanja een diepe hap lucht.

'Gefeliciteerd,' zegt Louisa. 'Wat heb je gepakt?'

'Nagellak.'

'Welke kleur?'

'Geen idee.'

Ze lachen. Ze haalt het flesje uit haar zak. Het is prachtig: lichtblauw met zilveren glitters.

'Wauw,' zucht Louisa.

Tanja knikt. 'En dat voor een eerste keer.'

'Je hebt talent!'

Tanja lacht.

'Ga je mee naar mij?'

Tanja schudt haar hoofd. 'Ik heb Marjan beloofd dat ik met haar zou lopen.' Maar dat is niet waar. Tanja hoopt alleen maar uit alle macht dat Marjan niet met Goos weg is. Ze heeft besloten dat ze iemand moet vertellen van haar gevoelens voor Sandro. Ze houdt het niet meer.

Ondanks alle zenuwen, het stelen, de mooie glitters, speelt toch de hele tijd in haar achterhoofd de vraag of het mag: verliefd zijn op de broer van je vriendin. Ze is bang dat ze het er zomaar uit zal flappen als ze niet op tijd naar huis gaat.

Wat, als Louisa boos wordt? Dat zou ze niet willen. Misschien keuren de tweedeklassers het ook wel af. Zou best kunnen! Wie weet denkt Louisa dat Tanja alleen haar vriendin is om Sandro te kunnen zien. Is dat zo? Nee, Tanja denkt van niet, echt niet.

Ze heeft eerder de neiging om Louisa's huis een beetje te mijden. Stel je voor dat ze hem op de gang tegenkomt. Stel je voor dat ze vuurrood wordt, dat ze gaat stotteren, straks valt ze nog flauw! Wat, als hun ouders erbij zijn! Tanja zou doodgaan!

Ze kan het niet meer houden, ze moet er met iemand over praten. Het is trouwens een raadsel dat Louisa nog niks heeft gemerkt. Tanja is toch veel zenuwachtiger dan ze vroeger was? Louisa denkt natuurlijk dat het door het stelen komt!

'Jammer,' zegt Louisa. 'Maar ik zie je zondag, goed?'

'Ja, tot zondag.' Het zou wel supervreemd zijn als ze ineens geen huiswerk meer wilde maken!

Marjan is thuis, gelukkig. Ze is blij dat Tanja eindelijk is gekomen, zegt ze. Met een sjekkie en een cola zit ze op de bank, een halfvolle zak paprikachips staat tegen de leuning. Haar wangen glimmen, haar ogen stralen, ze kan niet wachten om te zeggen: 'Hij heeft me gekust!'

Tanja ploft zowat boven op haar vriendin. 'Wat geweldig!'

'Het was zooo fijn!'

'Vertel, vertel, vertel!'

Marjan likt haar paprikavingers af. 'Ik zat bij hem achter op zijn fiets.' Ze legt haar sjekkie in de asbak en gaat recht-op zitten. 'Eerst durfde ik niet goed, maar toen dacht ik: anders wordt het nooit wat, dus heb ik mijn handen onder zijn jas gestoken.'

'Op zijn buik gelegd?'

'Op zijn buik. Omdat jij dat had verteld over jou en Mike.'

'Leuk is dat, hè?'

Marjan knikt. 'Toen heb ik zijn T-shirt uit zijn broek gefrummeld en mijn handen op zijn blote buik gelegd.'

'Lefgozer!'

'Ja, hè?'

Nee, eigenlijk niet, natuurlijk. Marjan is al veel verder gegaan met jongens. Ze liet hen aan haar borsten voelen en heeft bij Ria zowat met elke jongen getongzoend. Eerst wist Tanja niet zeker of het waar was, maar inderdaad blijkt Marjan zelfs al met een jongen naar bed te zijn geweest. Wie, dat wil ze niet zeggen. Nou ja, daar heeft ze vast haar reden voor.

Maar toen kwam ineens Goos met Mike naar CafetaRia en werd alles anders. Marjan veranderde in een giechelig meisje, ze durfde Goos amper aan te kijken. Vol verbazing heeft Tanja het de afgelopen weken gevolgd. Goos is toch een stoere jongen, zo ziet hij er wel uit, maar zelfs hij leek niet te weten wat hij met de situatie moest.

'Het was magisch,' zegt Marjan. 'We reden over de weg richting Vissersplaat, een heel eind uit de buurt van Wijk Noord. Wat een grote huizen staan daar!'

Ja, Tanja kent die buurt maar al te goed, Mike bracht haar er vaak naartoe. Zodat ze konden vrijen in de voerbakken. Hé, denkt Tanja ineens. Ik ging vroeger *ook* veel verder met jongens dan ik nu met Sandro zou durven!

Zou dat het zijn? Het verschil tussen verliefd en denken dat je verliefd bent? Bij Sandro wil ze alleen maar zitten, hij hoeft verder niet aan haar te voelen en zij niet aan hem. Als ze maar in zijn armen mag. Bij Mike was dat niet genoeg, dan moest er meer gebeuren om een spannende middag te beleven. Maar Sandro… Een beetje kussen zou leuk zijn, heel lief en zacht, dat is meer dan genoeg. Als ze maar bij hem is.

'We reden langs weilanden en akkervelden. Dan komt er een onverharde weg en halverwege is een smalle landweg. Daar gingen we in…'

Zou het bij jongens ook zo zijn? vraagt Tanja zich af.

Zouden ze voorzichtiger zijn, rustiger, vriendelijker, als ze écht iets in je zien? Goos was steeds heel beleefd tegen Marjan, maar ja, dat kon ook betekenen dat hij niks wilde. Aan de andere kant was het wel zo dat hij bleef langskomen bij de snackbar.

Tanja fronst haar wenkbrauwen. Ze had het moeten weten, denkt Tanja nu. Mike werd boos als ze niet gingen vrijen, Mike vond verder niks leuk, hij luisterde niet eens naar haar. Dat is toch het minste wat een jongen moet zijn; aardig en geïnteresseerd, anders weet ze voortaan meteen wel dat hij haar niet écht leuk vindt. Gemakkelijk, eigenlijk!

'We stopten in een weiland, ik zakte meteen weg in de modder, maar Goos zei: "Spring maar op m'n rug." Dat zei-t-ie!'

Sandro is oprecht aardig tegen haar. Hij vraagt naar de band en wanneer ze gaan optreden. Wat betekent dat? Misschien is hij óók wel verliefd. Als dat toch waar mocht zijn… Tanja schrikt: hoe weet je nou of een jongen je gewoon leuk of verliefd-leuk vindt?

'Toen waren we dus in dat weiland. En er stonden verroeste voerbakken naast elkaar, waar een dikke, warme deken in lag.' Marjan geeft Tanja een fikse tik tegen haar bovenbeen. 'Het was jóuw plekje! Mike had gezegd dat Goos wel naar zíjn plekje mocht!'

'Dat meen je niet!'

'Ja! Dus ik barstte in lachen uit en toen keek hij, o, zo lief met die oogjes van hem!'

Tanja glimlacht.

'Hij wilde zich verontschuldigen, maar ik moest zó hard lachen! We hebben Mikes chips maar opgegeten – ik wist van jou waar die lagen! – en zijn biertjes opgedronken. Weet je trouwens dat er tegenwoordig ook een spiegel en een potje make-upremover bij de bakken ligt? Wedden dat Marisha van haar vader nog steeds geen verkering mag? Die heeft eerst seks met Mike en daarna haalt ze alle make-up eraf en gaat ze als een keurig meisje naar huis.'

'Zooo, zeg.'

'Toen kuste hij me. Hij keek me heel serieus aan en legde zijn hand zo, hier.' Marjan legt haar hand tegen Tanja's achterhoofd, heel zacht.

'Wauw,' zegt Tanja.

'Ja, hè? Zijn andere hand legde hij voorzichtig tegen mijn wang, zo.'

'Hij is écht leuk, Mar.'

'En toen kreeg ik een kus. Héél zacht was hij, ik dacht niet dat hij zó lief kon zijn.'

'Te gek.'

'Ja, hè?'

Ze zuchten allebei.

Soepogen en warme wangen

Marjan draait een nieuw sjekkie. Tanja bestudeert haar vingers.

'Kijk.' Ze laat Marjan haar nagels zien.

'Blauw met zilver?'

'Mooi hè?'

'Beetje overdreven?'

Tanja geeft haar vriendin een por.

Marjan glimlacht: 'Gaan we met de kakkers meedoen, meissie?'

'Hoezo? Ik zit nu toch hier bij jou?!'

'En dat is…?'

'Bij de brommersnollen, natuurlijk!'

Marjan lacht.

Als ze het op het Rhijnvis Feith over 'brommersnollen' hebben, dan bedoelen ze de mensen uit Wijk Noord. Sinds Tanja heeft verteld dat zij ook een Noordwijker is, zeggen ze erachteraan: 'Jij niet, hoor!' Laatst zei Saleena bijvoorbeeld: 'Kwam ik zo'n lelijke brommersnol tegen, wat zijn die toch extreem lomp.' En tegen Tanja: 'Jij niet hoor,' voordat ze verder ging met klagen dat de 'domme doos' haar afsneed op de fiets.

Alsof het wat uitmaakt, het gaat nog steeds over meiden die Tanja kent! Niet dat Tanja er wat van zegt, ze zou niet weten wat ze moest zeggen. Bovendien doet Marjan het andersom net zo hard, dus dan moet ze ook niet zeuren.

'Ik moet je wat vertellen,' zegt Tanja.

'Ah!'

'Ik heb het nog aan niemand verteld.'

'Aha!'

'Ik weet namelijk niet of het wel écht zo is.'

'Je bent verliefd!'

'Hoezo?'

'Ik dacht al dat ik het aan je zag!'

Tanja glimlacht: 'Echt?'

'Je hebt soepogen, warme wangetjes en bent de hele dag afwezig.'

'Niet!'

'Wie is het?'

Tanja zucht, ze begint te gloeien, haar ogen stralen. 'Sandro,' zegt ze.

'Is dat niet –'

'– de broer van Louisa.'

'Oei!' Marjan grinnikt.

Tanja zakt nu zo ver onderuit, dat ze languit op de bank ligt. Ondertussen blijft ze maar zuchten. Haar hoofd op de leuning tegenover die van Marjan, haar benen liggen over de knieën van Marjan en haar voeten zowat naast haar hoofd.

'Lekkere stinksokken.'

'Ja, hè? Speciaal voor jou.'

'Sandro Paula, dus.'

'Hij heeft zwarte haren tot net over zijn oren, zo ver ongeveer.' Tanja legt haar handen langs haar eigen gezicht. 'Beetje krul erin, nou, eigenlijk is het meer een slag. En zijn ogen... Je zou eens in zijn ogen moeten kijken: heel donker, maar perfect en altijd stralend.' Tanja vouwt haar vingers langs haar neus en zegt: 'Rechte neus.' Marjan knikt. 'En zijn lippen, die zijn zooo, zooooo...'

'Vindt hij jou ook leuk?'

Tanja haalt haar schouders op. 'Ik spreek hem bijna nooit.'

'Je spreekt hem nooit?! Je ziet hem elke dag!'

'Ja, maar, Louisa.'

'Hoezo?'

'Zij mag niks merken.'

'Weet zij van niks?!'

'Als ze het vreselijk vindt, ben ik meteen mijn enige Rhijnvis-vriendin kwijt.'

'Maar waarom zou ze het niet goed vinden?'

'Weet ik veel, je kunt gewoon niet van tevoren bedenken hoe zij op iets reageert.'

'En Marike?'

'Die is... Misschien wordt zij ooit een vriendin, maar ik ken haar nauwelijks. Het is wel leuk als Goos en jij weer eens in elkaar opgaan, omdat we dan wel moeten, maar verder...'

Voor straf knijpt Marjan in Tanja's voet – die trekt giechelend haar been weg.

'Louisa is echt een vriendin geworden, we hebben samen gestolen.'

'Wát?!'

Tanja knikt. Opnieuw laat ze haar vingers zien, glimmend van trots. 'Heb ik gedaan.'

'Gestolen?' Hoewel niemand hen kan horen, kijkt Marjan toch even om zich heen.

'Bij de Etos. Want het Kruidvat, daar waren we net al geweest.'

'Tanja...'

'Louisa steelt al haar make-up. En weet je wat? Soms steelt ze ook broeken en truitjes. Dat zou ik niet durven!'

'Kijk maar uit, als Van der Wiel je pakt…'

'Tsja.' Vroeger zat de wijkagent haar op de hielen, maar de laatste tijd laat hij haar gelukkig met rust. Wat zou hij doen als hij erachter kwam dat ze steelt?

'Je kan toch ook een bijbaantje nemen.'

'Waar dan?!'

Marjan haalt haar schouders op. 'Weet ik veel. Bij de supermarkt. Vakken vullen.'

'Ja.'

'Bij de Etos achter de kassa!'

'Mag dat al?'

'O, ben je natuurlijk veel te jong voor.' Haar lippen krullen. 'Ik vergeet steeds wat een klein meiske jij eigenlijk nog bent!'

'Alsof jij achter de kassa mag!' Tanja knijpt in Marjans kuit. 'Geef mij effe de chips.'

Marjan gooit de zak met een sierlijke boog op Tanja's buik.

'Ik heb hem in zijn blootje gezien.'

'Niet!'

Als ze breeduit lacht, zie je de chips tussen Tanja's tanden.

'En? Lekker ding?'

'Dat zeg ik.'

'Aha.'

'Moet ik het Louisa zeggen, wat vind jij?'

'Weet ik veel. Heeft ze niks in de gaten?'

'Nee.'

Marjan haalt haar schouders op. 'Is hij verliefd op jou?'

'Weet ik toch niet.'

'O ja. Wat raar dat zij niks in de gaten heeft. Je moet eerst ontdekken of ze écht niks ziet. Als dat zo is, is ze een domme snol en is het haar eigen schuld.'

'Nou zeg!' Tanja gooit een handje chips naar Marjan.

'Beetje een Zeikpis-kakker zijn en niet eens in de gaten hebben dat jij verliefd bent. Ik zag het meteen!'

'Hoera.'

'Als jij verliefd bent, word je namelijk een grote domme geit!'

Opnieuw werpt Tanja een hand chips naar het gezicht van haar vriendin.

'Mmm, lekker!' Marjan lacht. Ze zoekt wat chips bij elkaar, steekt ze in haar mond en zegt: 'In ieder geval moet je onderzoeken wat hij voor jou voelt. Als hij niks met jou wil, dan hoeft Louisa het ook niet te weten. Maar anders... Tsja, lastig, lastig. In ieder geval moet je ophouden met stelen, dat slaat echt nergens op.'

'Jaja.'

'En nu naar huis, je moet huiswerk maken.'

Tanja grinnikt. 'Blij toe dat ik jou even niet hoef te zien!' Dan staat ze toch op, ze wil vanavond nog even alleen zijn met haar gedachten, die zijn tenslotte zo fijn de laatste tijd!

De ridder met de handdoek

DE RIDDER MET DE HANDDOEK

door Tanja de Vries

Op zijn mooie witte paard reed ridder Sandro door het bos. Naast hem, op een even prachtig bruin paard, reed zijn zus, dame Louisa. Het was zondagmiddag en omdat er dan verder toch nauwelijks iets gebeurde, hadden ze besloten een lekker ritje te maken.

Plots hoorde ridder Sandro iets wat hem bekoorde. Een zacht geluid was het. Hij spitste zijn oren.

'Wat hoor je?' vroeg dame Louisa.

'Iets,' zei ridder Sandro, 'wat ik nooit eerder heb gehoord. Een geluid, zo mooi, dat mijn oren ervan spitsen. Mijn hart begint te bonzen van geluk. Lieve Louisa, lieve zus, ik móet weten waar dit geluid vandaan komt.'

En voor dame Louisa het wist, was haar nobele broer vertrokken. 'Hé, wacht!' riep ze nog, maar het had geen zin, hij was al weg. Ze trok aan haar teugels, het paard draaide en mopperend zette ze de achtervolging in.

Omdat het zondag was, een rustdag, had ridder Sandro zijn gemakkelijke ridderuitrusting aangetrokken. Dat bestond uit gewoon een lekker handdoekje dat hij om zijn middel knoopte. Hij hield ervan zich gemakkelijk te kleden,

hij had daarom handdoeken in alle kleuren: rood, geel, groen
en blauw. Maar ook in paars, zilver, en zelfs in goud, die liet
hij speciaal maken.

In alle maten droeg hij zijn doekjes: badhanddoek voor de
koude dagen, gewone handdoek voor lente en herfst, en een
kleiner formaat voor zomerse middagen.

Zijn handdoeken waren gemaakt van badstof, van zijde of
suède. Soms zaten er blinkende diamantjes in verwerkt, of
waren ze overgoten met zilverstof. Een enkele keer zat er een
draad van echt goud doorheen geweven.

Deze opvallende kledingkeuze had hem in dit koninkrijk,
maar ook tot ver daarbuiten, de bijnaam 'ridder met de
handdoek' gegeven. Hij droeg die naam met trots.

'Hu, paard,' riep ridder Sandro. Zijn oren dreven hem
voort. Het bos door, langs het zandpad en zo kwam hij aan
bij de torens van het kasteel. Nee, het was een paleis. Of, toch
maar een kasteel.

Tanja streepte de laatste twee zinnen door, ze had nu toch
voor kasteel gekozen. Met het puntje van haar tong tussen
haar tanden schreef ze verder. Haar pols deed een beetje
pijn, maar dat interesseerde haar niet.

In de hoogste toren stond ze. Prinses Tanja. Met een gouden
borstel in haar hand stond ze voor de spiegel. Ze oefende een
liedje dat ze binnenkort voor de hofhouding van haar vader,
de koning, zou zingen. Het ging over een witte kerst. Dat ze
tot in het bos te horen was, wist ze niet.

Ridder Sandro reed de ophaalbrug over, sprong van zijn
paard en stoof de trappen van de kasteeltoren op. 'Liefste,
mijn liefste,' riep hij terwijl hij steeds verder buiten adem
raakte. Zijn handdoekje wapperde langs zijn dijbenen, maar
bleef verder stevig op zijn plaats.

*Ridder Sandro smeet de dikke houten deur van de torenka-
mer open. Hij viel op zijn knieën en riep: 'Liefste, ik houd
van u!'*

*Prinses Tanja keek de ridder in zijn smachtende, diepbrui-
ne ogen en haar hart maakte een sprongetje. Ze glimlachte.
Ze bekeek hem van top tot teen: zijn voeten, benen, handdoek, buik en borst. En haar zachte stem sprak: 'Ik houd
geloof ik ook van u.'*

*Toen hij haar diep in de ogen keek, voelde ze een korte sid-
dering langs haar ruggengraat trekken. Wie had ooit gedacht
dat zo'n mooie edelman haar torenkamertje zou vinden?*

*Ridder Sandro lachte, drukte een lichte kus op het puntje
van haar neus. Toen tilde hij haar op. Dat was gemakkelijk,
want prinses Tanja was licht als een veertje. Hij bracht haar
naar beneden. Alle honderdvijftig traptreden vanaf de toren-
kamer. Hij rook naar frisse lentebloemen. Zij rook naar pas-
gemaaid gras.*

Tanja fronste haar wenkbrauwen, glimlachte, haalde haar
schouders op en schreef toen door.

*In de koningskamer zat haar vader op zijn troon. Deze troon
was een zachte stoel, zo breed dat hij was te vergelijken met
een driezitsbank. Achter de troon stond altijd een kratje bier,
zo hoefde de koning nooit op te staan als hij wilde drinken.*

*Prinses Tanja sprak: 'Pap, dit is de man die ik wil trou-
wen.' En ridder Sandro stortte zich op zijn blote knieën. Hij
boog zijn hoofd en zei: 'Ik vraag u de hand van uw dochter.'*

*Maar plots galmde door het vertrek een snerpend geluid.
Iedereen schrok en prinses Tanja moest haar handen tegen
haar oren leggen. 'Daar komt niets van in!' krijste het geluid,
het was dame Louisa. Verwilderd was ze eindelijk aangeko-
men bij het kasteel van de koning. Haar ogen spuwden vuur,*

uit haar oren kwam zowat rook, ze leek wel een giftige draak.

Met harde stappen dreunde ze op ridder Sandro af. Ze trok hem aan zijn oren omhoog. 'Auw, dame Louisa,' kermde hij.

'Meekomen, jij,' was haar antwoord.

Ze trok haar broer de koningszaal uit en alles wat ridder Sandro nog kon uitbrengen, was: 'Het spijt me.' Met grote ogen zag prinses Tanja de man van haar dromen uit haar leven lopen.

Tanja legde haar pen neer. Wat, als Louisa boos wordt? Wat, als iedereen boos wordt? Dan is Tanja voor de rest van haar schooltijd de pispaal. Dan moet ze voor altijd in de pauze in de kantine bij Maria staan.

Louisa is verliefd

De volgende dag is Tanja redelijk vroeg bij Louisa, al om half een. Misschien zal ze het vandaag aan haar vertellen. Als er ruzie van komt, heeft ze straks meer tijd nodig om haar huiswerk te maken, maar misschien, misschien komt Sandro weer Louisa's kamertje binnen. *Of ik verkering met je wil, Sandro? Tsja, even denken hoor.*

'Kom snel binnen!' Louisa trekt Tanja enthousiast met zich mee. In de woonkamer zitten meneer en mevrouw Paula aan de eettafel, samen met Sandro, hij heeft een T-shirt en een spijkerbroek aan. Aan de verschoven stoel te zien, zat Louisa er ook. 'Neem een stoel,' zegt Louisa en ze drukt Tanja op een zitting voor ze zelf ook neerploft.

Ze zit nu aan het hoofd van de tafel, tussen Sandro en Louisa in. Soms raakt haar rechterknie de linkerknie van Sandro. Hij trekt zijn been dan niet weg. Louisa zit naast haar vader, Sandro naast zijn moeder. Tanja kucht. Nu haar voet die van Sandro raakt, trekt ze hem verlegen terug. Sandro glimlacht. Zij slaat haar ogen neer.

Ontbijtbordjes staan opgestapeld in het midden. Ze hebben allemaal een kopje warme thee voor zich en er staan ook nog leeggedronken glazen melk en jus d'orange. Eierdopjes met lege schalen erin, en zoetwaren op een speciaal dienblaadje.

Bij Tanja komen ze niet verder dan een boterham met

vlokken en een glas melk. Ma zet wel thee, dat doet ze altijd, maar tegen de tijd dat Tanja uit bed is, is die allang koud.

'We doen een spel,' knikt mevrouw Paula. 'Het heet "truth or dare".'

'Maar wij spelen de speciale familievariant!' lacht Louisa.

Sandro kijkt Tanja lachend aan. Gelukkig zit ze op een stoel, anders was ze ter plekke op de grond gevallen. 'Je hoeft niet per se te antwoorden,' knikt hij, 'maar dan moet je wel iets van tafel naar de keuken brengen.'

'Ja,' gaat Louisa verder. 'De laatste die iets niet wil antwoorden, moet de afwas doen.'

'O,' knikt Tanja. En ze denkt: is dat alles wat ik weet te zeggen?! Verontschuldigend kijkt ze naar Sandro, die een slokje thee drinkt.

'Ik was aan de beurt,' zegt mevrouw Paula. 'En mijn vraag gaat naar Sandro.'

'Aha!' lacht Louisa.

'Ik wil weten... of je gisteravond dronken bent geworden.'

'Maar moeders toch! Ik? Dronken?' Hij legt zijn arm op haar stoelleuning.

'En je antwoord is...?'

'Eh, ja, mam, stomdronken was ik.' Sandro lacht. Louisa gilt het uit. Meneer en mevrouw Paula kijken elkaar hoofdschuddend, maar toch lachend aan. Tanja kan niet helpen dat ze meelacht.

'Nu mag ik een vraag stellen,' knikt Sandro. *Ik stel 'm aan Tanja. Wil je verkering met mij?* 'Mijn vraag is voor de kleine Loewie.'

'Ik pak alvast een bord,' zegt ze, klaar om het naar de keuken te brengen.

Sandro lacht, kijkt haar guitig aan en vraagt: 'Is onze Loewie misschien verliefd?'

Bijna hysterisch begint Louisa te lachen, ze pakt twee bordjes van de stapel, staat op en loopt hikkend naar de keuken.

Shit! denkt Tanja. Hoe kan dat nou?! Is Louisa verliefd? Dáárom heeft ze niet in de gaten hoe verliefd *ik* ben! Op wie, op wie, op wie? Waarom heeft ze niks gezegd? Ik zag niet hoe verliefd *zij* is! Mijn broer kan het niet zijn, ik heb geen broer, ze hoeft het voor mij niet te verzwijgen. Tenzij ze op Mike verliefd is, dat zou vrij akelig zijn, maar die kent ze amper! Shit, op wie is Louisa? Waarom heeft ze niks gezegd?

'En nu ik een vraag aan Sandro!' roept Louisa. 'Ben jij soms verliefd?'

Vader en moeder lachen hard mee. Meneer Paula pakt een ontbijtbordje en geeft het alvast aan Sandro, maar hij neemt hem niet aan. In plaats daarvan krabt hij in zijn nek en zegt hij koelbloedig: 'Ja.'

Keek hij naar Tanja?

Kijkt hij mij aan, keek hij naar mij?

Terwijl iedereen lacht – en ook Tanja schaapachtig mee-doet – duizelt het in haar hoofd. Is hij op mij? Op mij, op mij? Sandro Paula is verliefd!

'Mijn vraag is voor pa.'

'O jee.'

Sandro kucht. 'Hebben ma en jij nog wel eens seks?'

Louisa proest het uit, mevrouw Paula geeft haar zoon een elleboogstoot en meneer Paula wandelt doodkalm, met uitgestreken gezicht, met de laatste twee ontbijtbord-jes naar de keuken. Tanja bekijkt hen met grote ogen, zoiets vraag je toch niet aan je vader? Zou háár vader... Met háár moeder... Nee toch? Getverderrie!

'Ik stel een vraag aan Tanja,' zegt meneer Paula.

Gloep!

'Nee hoor, hoeft niet,' probeert Tanja de aandacht weg te wuiven. Louisa en Sandro kijken haar met pretogen aan.

Niet vragen of ik verliefd ben alsjeblieft. Please, niet doen!

'Mijn vraag is...,' zegt meneer Paula. 'Even denken, weet jij op wie Sandro verliefd is?'

Nee, dat weet Tanja natuurlijk niet, iedereen weet wel dat zij dat niet weet, niemand moet dan ook lachen na deze vraag. Meneer Paula wilde haar gewoon vriendelijk bij het spel betrekken, zonder haar in verlegenheid te brengen. Dat is aardig van hem, vindt Tanja, ook al was het onnodig. Ze neemt even de tijd om uit te ademen.

Ze besluit niet zomaar 'nee' te antwoorden, dat zou saai zijn. In plaats daarvan kijkt ze Sandro geheimzinnig aan. Niet rood worden! Ze pakt het dienblad met zoetwaren en langzaam staat ze op.

Het duurt even voordat iedereen begrijpt wat Tanja doet, maar dan begint Louisa als eerste toch te grinniken. Ook Sandro lacht, hij klapt bovendien in zijn handen. Meneer en mevrouw Paula kijken elkaar opnieuw hoofdschuddend aan. Je ziet ze denken: o, o, die kinderen. Maar dat vinden de kinderen op dit moment alleen maar leuk.

Tanja is trots: ze was niet stom, kinderachtig of suf. Ze deed precies wat ze moest doen. Ze deed leuk mee. Sandro moest om haar lachen. Dat is goed.

Goh, denkt Tanja, dus Louisa is verliefd.

Maar nu ze achter haar aan naar boven loopt, durft ze er niet naar te vragen. Ze weet niet of het wel mag, zo'n vraag stellen, of dat ze moet wachten tot Louisa er zelf over begint. Tenslotte is Louisa een stuk netter, of beleefder, of *anders* – hoe je het wilt noemen – in dat soort dingen.

Eén keer had een meisje uit de klas van Saleena in De Koffiesjop gevraagd of Saleena met een bepaalde jongen uit de derde had gekust. Meteen zaten de tweedeklassers en ook Louisa te puffen dat je zoiets niet hoort te vragen. 'Ohooo,' zuchtten ze. Het meisje droop met opgetrokken wenkbrauwen, een beetje sneu af. Het was overduidelijk dat de meiden zo'n vraag *not done* vonden. Of was dat alleen omdat het meisje geen vriendin van Saleena was? Vragen op wie Louisa verliefd is? Mag dat wel?

Toen de tafel helemaal was afgeruimd, had mevrouw Paula gezegd dat zij de afwas wel zou doen. Louisa mocht huiswerk maken met Tanja, en Sandro mocht – zei ze met een knipoog – zijn kater uitslapen. Sandro gaf zijn moeder een zoen op haar wang en stapte van tafel.

Als een jongen verliefd op je is, dacht Tanja, stapt hij dan zo gemakkelijk van de tafel waar jij ook aan zit? Of is hij dan zo verlegen dat hij juist graag snel van tafel wil?

'Sandro?' vroeg Louisa toen ze eenmaal boven waren.

'Ja?' klonk het een beetje dof vanuit de badkamer.

'Mag ik morgen jouw joggingbroek aan?'

'Welke bedoel je, Loewie?'

'Die voor dat stomme schoolgym, natuurlijk.'

En ineens wist Tanja het. Het kwam niet echt ergens door, gewoon door de klank in haar stem, door het draaien met haar ogen, door de manier waarop Louisa het woord 'schoolgym' uitsprak: geërgerd maar toch opgewonden. Door hoe belangrijk het al weken voor haar was dat ze Sandro's spullen mocht lenen. Ze wist het, omdat ze nu eindelijk haar oren en ogen geopend had, omdat ze op haar vriendin lette.

Al weken eerder had ze kunnen weten op wie Louisa verliefd is: het is Van Beurden. De Gruwel van Gym, ineens begrijpt ze waarom ze die bijnaam nooit aan Louisa durfde zeggen, ze voelde aan dat die verkeerd zou vallen.

Een leraar, jeeminee.

Als het om Van Beurden ging, kon Louisa niks hebben. Zelfs de kleinste grapjes irriteerden haar.

'Brrr, die hand op je rug maakt me helemaal jeukerig,' zei Tanja bijvoorbeeld nadat ze weer eens naar voren was geroepen. Dan deed Louisa alsof ze niets hoorde.

'Wat stond-ie nerveus op zijn tenen te wippen, zeg.' Dan haalde Louisa haar schouders op.

'Ha. Ha. Ha,' deed Tanja na een flauwe grap, maar dan gaf Louisa haar een vinnige elleboogstoot.

Ze snapte nooit waarom Louisa opsprong als Van Beurden hulp vroeg om matjes vanuit het opberghok naar de zaal te slepen. Ze wilde altijd helpen opruimen, stak ook altijd haar vinger op als Van Beurden een vraag stelde. Tanja dacht dat Louisa kennelijk erg van sporten hield.

Maar natuurlijk was dat niet zo, natuurlijk niet! Louisa houdt van make-up en mooie kleren, niet van een rood hoofd en zweterige shirts! Van Beurden heeft een ongelooflijk dun snorretje, dat hij nauwkeurig bijhoudt, dat moet wel. Als ze eraan denkt, trekt Tanja's gezicht vanzelf in een uitdrukking van bovenmatige walging, maar dat van Louisa blijft er welwillend en vriendelijk uitzien.

Je zal die snor maar moeten kussen, denkt Tanja, getverjakkesbah!

'Mijn broek is vies, Loewie, dat zal niet gaan.'

'Dan was ik 'm vandaag, waar is-ie? Ik was 'm meteen.'

'O. Nou. Ja, prima dan. Wordt het geen tijd dat je zelf zo'n broek aanschaft?'

In de joggingbroek van Sandro onderscheidt Louisa zich van de rest van de klas, die allemaal in suffe broekjes zit te kleumen. Louisa draagt rode gymschoenen en onder haar T-shirt draagt ze een strakke rode pull-over. Ziet er superleuk uit. Haar haren in een staart…

Het liefst zou Tanja haar kleding kopiëren, ze heeft zich echt wel afgevraagd waarom zij er nou nooit aan denkt zo'n stom tenue gewoon op te fleuren met andere kledingstukken. Maar ja, als ze dat nu ineens ging doen, zou iedereen zuchten dat ze Louisa naäapt. En dan zouden ze nog gelijk hebben ook.

Elke keer weer was Tanja vooral verbaasd over hoe weinig uitverkoren Louisa zich voelde om in Sandro's kleren te mogen lopen. Soms probeerde ze stiekem of zijn geur misschien in de stof was blijven hangen. Door iets in Louisa's oor te fluisteren, bijvoorbeeld, met haar neus haast op Louisa's schouder.

Het enige wat haar bezighield, was de vraag waarom Louisa niet inzag hoe verliefd Tanja was, hoe *totally flabbergasted* van haar broer. Nooit heeft ze eraan gedacht dat Louisa zelf met haar hoofd in andere sferen zat.

Waarschijnlijk heeft Louisa zich al die tijd afgevraagd hoe het mogelijk was dat Tanja niet begreep dat Van Beurden haar hart had gestolen. Van Beurden! Hoe is het mogelijk!

Op haar kamertje ontwijkt Louisa Tanja's blik. Of lijkt dat maar zo? Ze pakt haar wiskundeboek en slaat die open op pagina 188. Meneer Ris gaat keisnel door de sommen heen, ze zijn al bij *hoofdstuk* 6.3, vermenigvuldigen en delen.

Het gaat Tanja te vlug, echt waar, ze heeft zich erbij neer moeten leggen dat ze het tempo niet aankan. Eens in de twee weken, als meneer Ris haar vraagt na de les te blijven, krijgt ze extra uitleg. Soms gaat er dan een deurtje in haar hersenen open en snapt ze ineens de rekenmethodes.

Ze is niet altijd de *enige* die moet blijven. Ze is wel de enige die *altijd* moet blijven, dat wel. Soms moet iemand anders uit de klas ook even komen. Linda Wilfers had moeite met de grafieken van hoofdstuk vier, Ravi Singh begreep iets niet van het plaatsbepalen in hoofdstuk drie.

Tanja is degene die in klas 1d het meeste moeite heeft met wiskunde, ze houdt de anderen ternauwernood bij. Ze kan wél goed meekomen bij Nederlands en Frans, dat scheelt, anders zou ze zich heel dom voelen. Biologie en aardrijkskunde gaan ook prima. Wiskunde is eigenlijk het enige echte probleem en niemand pest haar daar nog mee, zelfs die stomme Olivier Quint niet. Die is trouwens ziek thuis, de laatste week. Het schijnt slecht met hem te gaan, maar Tanja weet niet precies wat hij heeft. Ze heeft nooit meer met hem te maken sinds hij een paar weken geleden uit de band is gestapt. Hij wilde geen Nederlandstalige nummers doen, dus is hij opgestapt. Tanja is blij toe; wat een arrogantie, alsof dezelfde teksten in het Engels ineens over iets anders gaan! Nou ja, dat scheelt weer een middag luisteren naar zijn stomme opmerkingen.

Gelukkig probeert Louisa haar elke zondag te helpen met wiskunde, dat is lief van haar en ze hebben het ook heel gezellig samen.

Opgave 35, 36, 37 en 38 waren in het begin lastig, maar gingen uiteindelijk wel. Als er een minnetje voor een cijfer staat, krijgt de uitkomst van de som ook een min. Verder is het in alle gevallen zonder min, óók als er twee minnen in de opgave staan. Hoe dat kan, ziet Tanja niet helemaal, maar dat wordt vast duidelijk bij de volgende bijles van meneer Ris.

Het delen van positieve en negatieve getallen is weer een nieuwe drempel die Tanja moet nemen. Louisa en zij zijn samen tot opgave 42 gekomen.

'Lees jij de volgende som voor?' vraagt Louisa.

Tanja kijkt haar verlegen aan. Is het misschien juist stom dat ze niet naar de verliefdheid vraagt? Wat moet ze doen?

Ze schraapt haar keel en leest: 'De teller Van Beurden kan negat–' Geschrokken kijkt ze op.

'Néé!' roept Louisa ongelovig.

'De teller van een breuk!' herstelt Tanja haastig, 'de teller van een breuk!' Tanja bijt op haar lip. Mag ze lachen? Hoe lang moet ze moeite blijven doen om serieus te kijken?

'Je wéét het!'

Tanja glimlacht, haar kin begint te trillen, ze houdt het niet lang meer vol! Wanneer Louisa is begonnen met verkleuren, is een raadsel, maar feit blijft dat ze knalrood is geworden! Zenuwachtig gooit ze haar haren van links naar rechts over haar hoofd, ze legt haar handen over haar wangen, trekt haar benen onder zich, maar schuift dan weer op haar billen.

'Je méént het!'

'Sorry,' lacht Tanja.

'Wat érg!'

'Ik kon er, haha, niks aan doen.'

'Dit is zó erg!'

Tanja kijkt Louisa met waterige ogen aan. Ze hikt: 'Jij bent op Van Beurden, dát is pas erg!'

'Je mag het niet verder vertellen, hoor. Aan niemand.'

'Wie zou me geloven?' Tanja grijnst van oor tot oor. 'Kom op, zeg, Van Beurden, dat gelooft niemand!'

'Argh!' gilt Louisa en lachend stort ze zich op Tanja.

'Help!'

Ze duwen hun handen tegen elkaar en rollen over de grond, maar de meeste tijd moeten ze naar adem happen om niet te stikken van de slappe lach.

Tanja wordt betrapt

Het sneeuwt! Nu, vanmiddag, tijdens aardrijkskunde, begint het ineens te sneeuwen! Iedereen praat opgewonden door elkaar, zelfs Van Arkel kan niet laten er iets over te zeggen. 'Kijk eens aan, dat wordt misschien een witte kerst, dit jaar.'

'Sneeuwballengevecht!' roept Olivier, het is zijn eerste dag op school nadat hij twee weken ziek is geweest. Maar hij heeft meteen een grote bek als altijd. De jongens slaken kreten van instemming.

Tanja glimlacht mee, ook al maakt het haar niet zoveel uit. Ze vindt winters voornamelijk koud en ze háát het als iemand sneeuwballen in haar kraag gooit. Vooral de jongens bij CafetaRia doen dat graag, vreselijk!

Na school haalt ze haar fiets uit de stalling. Ze doet niet mee met het gevecht dat op het plein is losgebarsten. De meisjes tegen de jongens, lijkt het, maar Olivier heeft weer eens met ijsballen gegooid, wat is hij toch lomp. Marike kreeg hem midden in haar gezicht. Ze kijkt Olivier geschrokken aan. Tanja trekt een pijnlijk gezicht, maar loopt toch door – ze moet op tijd bij de oefenruimte zijn. En... zo loopt ze de minste kans om zelf door zo'n ijsbal te worden geraakt. O, wat heeft ze een hekel aan de kou. Marike is in goede handen; ze loopt naar Daphne, die bij de meisjes staat. Gelukkig.

Het enige wat goed uitkomt, is dat Zuideroog romantisch wordt van sneeuw. Er zijn veel struiken, lage huisjes, en een paar standbeelden in het centrum die het goed doen in een winters landschap. Om een uur of half zes begint het al donker te worden, maar dwars over de winkelstraat zijn lampen gespannen. Die maken de buurt zo gezellig en straks, na het kerstoptreden van The Gravediggers, zal het tenminste geen truttige smoes zijn als ze tegen Sandro zegt dat ze het koud heeft. Nee, het is echt koud en als hij haar wil verwarmen, is dat écht hoffelijk. Geen stom, onnodig gebaar.

Zo bleef hij uren zitten, tot hij zeker wist dat ze helemaal lekker warm was. Soms keek ze charmant naar hem op en dan glimlachte hij naar haar, smolt hij voor haar. Hij aaide met zijn hand over haar rug, zij kroop extra dicht tegen hem aan. Toen er sneeuwvlokjes naar beneden vielen, in hun haren bleven kleven, lachten ze naar elkaar. Zijn blik werd warm, zo serieus, zo liefdevol. Hij kuste haar lippen en zij, zij kuste hem terug.

Licht giechelig om haar dagdroom, loopt Tanja naar de oefenruimte met haar fiets aan de hand. Op de stoep is de meeste sneeuw alweer gesmolten, maar in de berm ligt soms nog een hoopje, waar ze dan steevast haar schoen in zet. Het geluid van krakende, verse sneeuw is fantastisch!

Over tweeënhalve week is het kerstoptreden. Dan moet het gebeuren. Afgelopen zondag, bij de familie Paula, kwam ze Sandro 's middags tegen op de gang. Hij was volledig aangekleed. 'Jij zit toch bij The Gravediggers?' vroeg hij.

Tanja knikte. 'Kom je naar ons kerstoptreden?'

'Wouldn't miss it for the world.' Sandro aaide over haar bol en liep de trap af. Hij aaide over haar hoofd! Zenuwachtig lachend ging ze Louisa's kamertje binnen.

'Nou ja! Sandro gooit zo mijn haren door elkaar!' lachte ze veel te luid.

'Een etterbak is het.' Louisa glimlachte.

Tja, vindt Tanja, het is ongelooflijk dat Louisa niets vermoedt.

Als ze haar fiets op slot heeft gezet – alsof iemand dat brik van haar zou stelen – en de deur opendoet, kijken de bandleden haar vol verwachting aan.

'Hallo,' zegt ze vriendelijk.

'Hoi Tanja.'

Het is zoveel beter geworden sinds Olivier weg is. Door zijn vertrek raakten ze in gesprek over hoe ze verder wilden met de band en of het jammer was dat Quint – zo noemt Arthur hem – was opgestapt.

Voor het eerst had ze echt van mening gewisseld met Stef en de anderen, ze was niet langer het verlegen brugklassertje. Zelfs Maaike greep haar kans en deed af en toe een suggestie over de aankleding van het optreden. Iedereen had ideeën, en die middag had Tanja voorgesteld om de bandnaam te veranderen.

The Gravediggers is veel te heftig voor het soort muziek en plezier dat de band brengt; dat was en is nog steeds haar argument. Nu ze met zoveel bandleden zijn, lijken ze meer op een vrolijke bende als bijvoorbeeld Volumia! of Gruppo Sportivo, terwijl een naam als The Gravediggers doet denken aan harde gitaarmuziek.

'Vandaag gaan we een nieuwe bandnaam bedenken,' zegt Stef.

'Leuk,' knikt Tanja.

'Maaike neemt nog een paar extra zanglijntjes van Olivier over,' zegt Arthur. Hij knikt naar haar en zij glimlacht terug, maar of dat betekent dat ze nu verliefd zijn?

Elke vrijdagavond bespreken Marjan en Tanja de belevenissen van de week. Met groot genoegen hoort Marjan hoe alles verloopt op het Rhijnvis Feith, dit keer overweegt ze zelfs naar het optreden te komen. Regelmatig vraagt ze: 'Hoe irritant was de Klier van een Olivier?' Maar tegenwoordig vraagt ze ook: 'Hoe mooi waren onze stelende tweedeklassers dit keer?' Marjan vindt het echt belachelijk dat ze hun spullen bij elkaar stelen; 'hoogst oncharmant' noemt ze het. Die woorden spreekt ze uit alsof ze zelf van adel is.

'Beginnen we?' vraagt Arthur.

Maaike en Tanja hebben inderdaad afgesproken hetzelfde soort jurkjes aan te doen. In een golf van medemenselijkheid heeft Tanja aangeboden allebei de jurkjes te maken. Ze weet niet eens hoe dat moet! Ze moet nog snel zijn, want tweeënhalve week is niet ver weg!

Sandro, prepare to fall in love!

Na de oefenmiddag praten de tweedeklassers honderduit in De Koffiesjop, maar Louisa houdt zich verdacht stil. Is ze bang dat Tanja haar mond voorbij zal praten? De hele dag is Louisa er nerveus over geweest. 'Je mag niks zeggen, hoor, als je iets zegt, doe ik je wat, echt hoor, je mag niks zeggen, beloof je me dat je niks zegt? Tanja, beloof je dat?!' Tanja kon niet anders dan geheimzinnig haar schouders ophalen en mompelen: 'Tja, ik doe mijn best, maar of het lukt?' Dan gaf Louisa haar een elleboogstoot en kregen ze een lachbui. Tot twee keer toe zijn ze bijna de klas uit gestuurd, maar ze konden het niet helpen. Louisa was veel te zenuwachtig om met de les mee te doen en Tanja, ja, Tanja eigenlijk ook, maar dat weet Louisa niet.

'Zullen we meer make-up gaan halen?' vraagt Tanja. De laatste paar keren ging het zo goed; stelen blijkt echt supergemakkelijk! Eerst wist ze niet goed wat ze nodig had, maar toen besloot ze een speciale make-up voor het Kerst-optreden te gaan verzamelen. Ze heeft al rouge, mascara, rode glitternagellak, een speciaal oogpotlood en zelfs wenkbrauwgel met glitters. Te gek!

Laatst heeft ze een spullie gezien, een mengeling tussen oogschaduw en eyeliner, die was prachtig en blijft zeker lang zitten. Maar dat spul kost bijna zeventien piek, echt te veel! Waarom maken ze make-up toch zo duur?

Louisa is blij dat ze weg kan en staat al bij de deur. 'Ik ben er klaar voor, hoor.'

'Ja, jij wel,' antwoordt Tanja vrolijk. Dat is alles wat ze vandaag hoeft te zeggen om Louisa aan het lachen te maken.

'Wat is er toch met jullie?' vraagt Nikki.

Wat ze bij de DA-drogist ziet, is bijna te veel om op te noe-men. Nu ze niet meer wordt beperkt door geldgebrek, zijn er nog meer dingetjes die Tanja best wil hebben. Bijvoor-beeld leuke haarbanden: brede, smalle, gekleurde, met bloemetjes, glittertjes. Maar ook allerlei spelden en elastiekjes: met vrolijke ballen eraan, met pluizige haartjes, met bewegende vlinders of kleurige kraaltjes. Bijna zes piek per stuk – de haarbanden kosten nog meer – maar sinds ze kan stelen is dat geen punt!

Dan is er nog het rek met oorbellen en kettinkjes: gou-den, zilveren, met beestjes, glimmers, in felle kleuren of sjiek zwart, groot, klein. Het glijdt ook zo gemakkelijk van het rek in haar vingers naar haar jaszak. Het gat in de zak heeft ze iets groter gemaakt, zodat alles direct naar de zomen glijdt. Superslim, al zegt ze het zelf, want daardoor is de pakkans nog kleiner geworden!

Nikki gaat voor de haarlak, zoals zo vaak, en Saleena zoekt verschillende lippenstiften uit. Het stelen gaat gemakkelijker en onopvallender als je er zo min mogelijk bij stilstaat dat je iets doet wat niet mag. Eerst kostte het Tanja moeite, maar nu staat ze onbewust te dagdromen over de tweedeklassers.

Daar ligt de eyeliner die Tanja graag wil. Zo'n groenig lijntje geeft haar ogen een subtiele glans mee. Ze glimlacht. Nu gebruikt ze zelf het woord 'subtiel' al! Ze pakt de eyeliner van het blok waarop een heleboel eyeliners staan. Zo in de lengte achter haar vingers verbergen, even kuchen, doen alsof je een zakdoek zoekt, en het object in de jaszak laten glij–

'Tanja!'

Van schrik laat Tanja de eyeliner op de grond vallen.

'Ik dacht wel dat jij het was!'

Met een stomend hoofd zakt Tanja door haar knieën, pakt de eyeliner op. 'Hoi Maria,' stamelt ze, 'wat doe jij hier?'

'Ik kom hier wel vaker.'

Niemand van Wijk Noord komt ooit in het centrum van Zuideroog. Nou ja, dat is overdreven, maar meestal doen Noordwijkers hun boodschappen in winkelcentrum Noord, daar zitten veel andere winkels en het is een stuk dichterbij. Kennelijk gaat Maria soms even het centrum in nadat haar kantine is gesloten.

'Wat heb je daar?' vraagt Maria. 'Eyeliner? Mooi.'

Ze heeft het gezien. Tanja weet het zeker. Hoewel ze vriendelijk glimlacht en er niets uit haar donkere ogen valt op te maken, voelt Tanja dat ze het weet. Maria heeft gezien dat Tanja make-up wilde stelen. Shit.

'Ja, mooi hè?' glimlacht Tanja onzeker. 'Maar veel te duur, hoor.' Ze zet de eyeliner terug op het blok.

'Nou, dag.'

'Dag.'

Als ze achterom kijkt, ziet Tanja de tweedeklassers geschrokken naar haar kijken. Ook Louisa is wat bleek weggetrokken, maar niemand ziet zo wit als Tanja.

Zij kennen Maria niet zoals Tanja haar kent. Als Maria boos op je is... Het duizelt in Tanja's hoofd. Wat zal Maria doen? Tanja loopt de drogist uit, denkt er niet aan hoeveel gestolen elastiekjes en spelden er in de zoom van haar jas liggen. Het alarm doet niks.

Naaien met naaispullen

Marjan schrok zich rot toen Tanja vertelde dat Maria haar had betrapt. 'Dat wordt straf!' gilde ze.

Tanja was al zenuwachtig, maar nu voelt ze helemaal de bibbers. Iedereen in Wijk Noord weet hoe opvliegend Maria kan zijn. Op het Rhijnvis is ze verlegen, maar dat komt doordat ze daar omringd is door kakkers. In Wijk Noord staat ze bekend als een vrouw die je niet moet tegenspreken.

Er is geen ontkomen aan: als Maria vindt dat je iets verkeerd hebt gedaan, bedenkt ze een eigen straf. En die moet je ondergaan, of je wilt of niet.

Lang geleden moest Achmed bijvoorbeeld een keer ramen lappen in het bejaardenhuis omdat hij een oude dame van haar sokken had gereden. Marjan heeft een keer het hele plein staan schrobben toen ze haar patatbakjes gewoon op straat had gepleurd.

Iedereen kent wel iemand die met 'De Wet van Maria' in aanraking is geweest. Niemand komt eronderuit, ook omdat Maria anders naar je ouders stapt en die zijn het altijd met haar eens. Tanja denkt dat de volwassenen van Wijk Noord het wel gemakkelijk vinden dat iemand de straatjeugd in de gaten houdt. Waarom laten ze haar anders voor agent spelen?

In ieder geval hebben de meesten liever dat Maria voor

agentje speelt, dan dat Van der Wiel je komt oppakken met een stomme boete. Daar zijn jong en oud het over eens: Maria is tenminste creatief, die bedenkt een passende straf. En Maria probeert je niet te pakken zoals Van der Wiel doet, zij is eerlijker.

Maar dat wil niet zeggen dat Tanja staat te trappelen om door Maria te worden gestraft!

Hier in CafetaRia wil Tanja voor de derde keer de gebeurtenissen bespreken om zeker te zijn dat Maria niks in de gaten had. Tenslotte had ze niks gezegd? Maar Marjans ogen dwalen steeds naar buiten, waar Goos straks op zijn fiets komt aangereden.

Leuk voor Marjan, dat ze verliefd is. Fantastisch voor Marjan dat die liefde wordt beantwoord, maar hopeloos voor Tanja! Elke keer dat een vriendin verliefd is op een jongen, heeft Tanja besloten, moet de vriendin die overblijft – achterblijft, alleen blijft – een vervanger krijgen. En dan graag een leuker iemand dan de jongens die bij CafetaRia rondhangen. Pfft, wat houden die lulgesprekken, zeg. Gelukkig kan Tanja het redelijk vinden met Betsy, maar het is natuurlijk niet hetzelfde.

Marjan springt op. 'Daar is-t-ie!'

Tanja is opgelucht als ze ziet dat Marike achterop zit. Met een glimlach loopt ze achter Marjan aan naar buiten. Helaas is Mario ook opgesprongen toen hij Marike zag.

Wat het is, weet Tanja niet, maar op de een of andere manier heeft Marike een gevoelige snaar bij hem geraakt.

'Dag schoonheid,' zegt hij.

Met grote ogen kijkt Tanja van haar klasgenootje naar Mario. Ze denkt: je gaat me nu toch niet vertellen dat die twee óók...

Maar nee, Marike loopt langs hem heen naar Tanja; dat is maar goed ook.

'Hoe is het?' vraagt Tanja.

'Goed.'

'Mag ik een mueslireep voor u bestellen?'

'Nee, vanavond wil ik liever een notenkoek met kastanjepuree, dank u.'

Tanja lacht. Wat was dat ook alweer? De eerste keer hebben ze het hele frituurmenu andere namen gegeven, dat was toen Marjan en Goos samen waren vertrokken en het úren duurde voor ze weer terugkwamen.

Patat:	notenkoek	fl. 2,50
Mayonaise:	bramenjam	fl. 0,50
Frikadel:	mueslireep	fl. 2,00
Speciaal:	kastanjepuree	fl. 0,75
Cola:	verse jus	fl. 2,50
Bier:	kruidenthee	fl. 3,00

Het sloeg nergens op en het kwam vooral door de verveling, maar ze waren er toch lacherig van geworden.

'Mag ik u een notenkoek met bramenjam aanbieden?' vroeg Marike toen.

'Als u het niet erg vindt, bestel ik liever een mueslireep met kastanjepuree.' Lekker gezond!

Ondertussen weet Tanja dat Marike en Goos helemaal niet zo vaak in het biologische café kwamen, toevallig waren ze er een paar keer geweest. Maar Goos was kennelijk zo zenuwachtig toen Marjan en hij ergens iets gingen drinken, dat hij naar de dichtsbijzijnde gelegenheid was gegaan. Toevallig was dat dit café.

'Ben je al zenuwachtig voor het kerstoptreden?' vraagt Marike.

'Goed dat je erover begint,' zegt Tanja. 'Ik wilde jou vragen of jij je kleren zelf maakt.'

Marike krijgt een lichte kleur op haar wangen. 'Hoezo?'

'We hebben jurkjes nodig voor het optreden.'

'Mijn moeder kan goed naaien.'

Na deze woorden legt Tanja geschrokken haar vinger op haar lippen, maar ze weet dat het te laat is. Nog even hoopt ze dat de jongens hen niet hebben afgeluisterd. Maar helaas, Mario is al opgestaan en roept: 'Naaien? Wie kan er goed naaien?'

De anderen moeten lachen.

Tanja rolt met haar ogen en kijkt naar Marike die bloost. Ze kijkt hem recht aan en zegt: 'Ik?'

'Als je dat niet weet, zal jij het in ieder geval niet zijn, hè?' zegt Tanja.

Nu moeten de jongens nóg harder lachen. Beteuterd druipt Mario af, net goed.

Onaangedaan gaat Tanja verder. 'Ik heb straks een sexy kerstjurk nodig, maar ik weet niet hoe ik die kan maken. Eigenlijk wilde ik mevrouw Fleur om hulp vragen, maar dat ben ik vergeten.' Een leugentje om bestwil; Tanja is bij handenarbeid steeds zo snel mogelijk vertrokken, want bij het wisselen van de lokalen kon ze Sandro tegenkomen. Tsja, daardoor heeft ze geen hulp bij de jurk kunnen vragen.

Mario probeert zijn afgang goed te maken en roept: 'Vergeet het maar, Tanja, een jurk zal jou nooit sexy maken!'

Gelukkig doet ook Marike alsof ze niets hoort en ze zegt: 'Die hoef je niet helemaal te maken, hoor. Heb je toevallig een rode jurk? Of een groene? Anders kan je die vaak gemakkelijk bij de Wibra of zo kopen.'

'Groen?'

'Dat is toch ook een kerstkleur?'

Natuurlijk! Die kleur zal haar veel beter staan! Een groene jurk zal het zijn, en dan kan Maaike een rode aan!

De repetitie was eindelijk eens heel goed gegaan, bij het lied van Rineke de Groot kregen ze zowat de slappe lach. Arthur heeft besloten dat Tanja en hij het lied als duet zullen zingen. Dat vond Tanja natuurlijk een hele eer! Gelukkig zei Maaike dat ze het ook een goed plan vond, ze leek niet teleurgesteld, dus Tanja hoeft zich niet bezwaard te voelen. Saxofonist Michiel heeft er een romantische solo in bedacht en ze hebben afgesproken dat Tanja en Arthur tijdens dat muzikale intermezzo naar elkaar blijven kijken, alsof ze hopeloos verliefd zijn. Tanja vond dat meteen een goed idee; kan Sandro eens zien wat hij mist!

Tanja heeft goede hoop op een liefdesverklaring van Sandro. Als er een liefdesverklaring komt, zal het die avond moeten zijn. Want zoals ze dan in de spotlights staat, zal niet snel nóg eens gebeuren.

De nummers die The Gravediggers vroeger speelden, zijn uitgebreid met solootjes op de viool, saxofoon, piano, of natuurlijk de gitaar van Stef. Daardoor kunnen ze nu ruim anderhalf uur optreden. Dat is net zolang als professionele bands doen! Arthur is van plan op een soort kruk te blijven zitten. Hoewel hij het niet uitspreekt, kan je soms merken dat hij bang is opnieuw van het podium te vallen. Het gevolg is dat Maaike en Tanja veel aandacht zullen moeten trekken, en natuurlijk de solomuzikanten ook.

Het leek alsof Maaike zich vereerd voelde toen Tanja voorstelde dat ze hetzelfde zouden aantrekken. Ze lachte een mooie lach en vroeg waaraan Tanja precies dacht. Toen ze dat had verteld, zei Maaike dat het haar leuk leek als Tanja en zij op sommige stukjes dezelfde bewegingen maakten. Iedereen vond dat goed. Volgende week gaan ze oefenen, één week voor het optreden.

'Groen lijkt me hartstikke mooi,' zegt Tanja tegen Marike.

'Daar naai je gewoon een bontrandje aan. Heel gemakkelijk, kan je zelfs met de hand doen.'

Het kan haar niks schelen, denkt Tanja, als de jongens reageren op haar woordkeuze.

'Ga je bont naaien?' vraagt Mario, maar zelfs zijn vrienden reageren er niet meer op. De jongens gooien met grote vaart hun geld in de gokkast.

Ria zet twee patatjes speciaal op haar balie, Tanja haalt ze op en zet ze voor hen neer.

Marike glimlacht: 'Ik zal je vertellen waar je mooie naaispullen kunt kopen.'

Ze gebruikt het woord gewoon weer! Mario kijkt even om, maar als hij ziet dat Marike niet op hem let, drukt hij maar weer op een knop van de gokkast.

De straf van Maria

Na een half uurtje komt Mario bij Tanja en Marike zitten, hij lijkt vastberaden nu eindelijk wél contact met Marike te krijgen. Omdat Tanja niet zeker weet of Marike nou wel of niet van hem is gediend – ze kan zich niet indenken dat het zo is, maar toch... –, durft ze hem niet weg te schelden. Tenslotte glimlacht Marike wel naar hem en geeft ze antwoord op stomme vragen als: 'Kom je hier vaker?' Pfft.

Tanja draait met haar ogen en staat op om naar de wc te gaan. Dan ziet ze haar staan. Maria. Ze doet alsof ze patat komt bestellen, maar Tanja weet dat Maria meestal naar een andere snackbar gaat.

'Dag Tanja,' knikt Maria.

Verlegen kijkt Tanja naar de grond.

'Leuk, hè, dat we samen gaan werken?'

Tanja kijkt haar vragend aan.

'Ga jij bij Maria werken?' vraagt Marike, die blij verrast én verbaasd is om hier de kantinejuffrouw aan te treffen.

'In de kantine,' knikt Maria. 'Tanja komt elke pauze werken. Toch?'

'Ja,' fluistert Tanja. Wat moet ze anders? Als haar ouders ervan weten, zwaait er helemáál wat!

'Voor een kleine pauze krijgt ze een halve euro, zeg maar een gulden. En voor de grote pauze een hele euro, zeg maar een knaak. Plus natuurlijk geheimhouding.'

'Geheimhouding?' vraagt Marike.

Maria lacht haar tanden bloot alsof ze maar een grapje maakte. 'Tot maandag!' Ze laat haar patatje inpakken en vertrekt. Pas als ze de deur uit stapt, weet Tanja uit te brengen: 'Dag.'

'Wat leuk dat je in de kantine gaat werken,' zegt Marike vrolijk. 'Ik vroeg me al af hoe jij al je mooie spullen kan betalen!'

Tanja kijkt naar haar blauwe glitternagellak en glimlacht flauw.

Een halve euro in de ochtend, plus een hele in de middag, is anderhalve euro per dag. Het lijkt misschien weinig maar dat valt alles mee, want ze hoeft er maar drie kwartier voor te werken. Maal vijf schooldagen is zevenenhalve euro, dat is vijftien gulden vijftig per week! Meneer Ris zou trots op haar zijn nu ze moeiteloos deze rekensom maakt, wat is het veel!

Daar kan ze straks gemakkelijk een strook nepbont plus handgaren van kopen. En ze kan er een rondje bij Ria van betalen!

Ze moet er kort maar hard voor werken, want in die minutenlange pauzes willen ongelooflijk veel leerlingen thee, koffie, gevulde koeken, speculaas, broodjes kaas of een van de vele andere eetwaren die Maria te koop aanbiedt: mars, snickers... Het is pas haar tweede dag, dus echt snel is ze niet, maar toch vindt ze het hartstikke leuk!

Maria is echt niet meer boos nu ze ziet hoe hard Tanja wil werken. En die leert beter met cijfers om te gaan, want ze moet de hele dag rekenen; wat mensen terugkrijgen, maar ook van gulden naar euro en andersom.

Bovendien leert ze ongelooflijk veel mensen kennen! Leerlingen uit de eerste tot en met de zesde klas. Sommigen willen elke dag hetzelfde – thee met speculaas bijvoorbeeld – die probeert ze snel uit het hoofd te leren. Het gebeurt nu al dat ze wordt aangesproken als ze door de gangen loopt: 'Hé Tanja.' Zij knikt terug, ook als ze iemand niet herkent, tenslotte zijn het vast 'kantineklanten', zoals Maria en Tanja hen noemen.

Zelf vinden ze het een grappig woord omdat het aan 'bajesklanten' doet denken. Dat is nou net het verschil tussen Wijk Noord en Rhijnvis Feith, zegt Maria: de een heeft bajesklanten en de ander kantineklanten. Eigenlijk slaat het nergens op, want van alle Noordwijkers zitten er maar drie in de gevangenis, maar toch vinden ze het erg grappig.

Louisa vindt het jammer dat Tanja in de pauzes niet meer buiten komt staan, maar ze begrijpt gelukkig wel dat Tanja geen keus heeft.

Nu hebben Louisa en Tanja afgesproken om op de dinsdagmiddagen na schooltijd nog even naar De Koffiesjop te gaan. Dat vindt Tanja eigenlijk veel leuker dan de pauzes bij de tweedeklassers! Lekker met zijn tweetjes kopjes koffie drinken. Misschien durft ze dan ook eens te zeggen hoe verliefd ze is. Dan kunnen ze ook meteen de jurkjes kopen die Tanja graag tot sexy kerstjurk wil maken.

'Je lijkt wel een prinses,' zegt Sandro.
Tanja glimlacht lieftallig. 'Dan ben jij mijn prins.'
Terwijl hij lacht, wrijft hij zijn neus langs die van Tanja.
Haar binnenste gloeit op.

Een geheime wc-ganger

'Kijk!'

Trots houdt Tanja twee jurkjes omhoog. Ze weet dat haar wangen glimmen en dat ze weinig bescheiden kijkt, maar ze is ook zó blij met het resultaat! Gelukkig is iedereen bij de band superaardig. De meesten zeggen iets als 'ooo' en 'wauw', sommigen geven zelfs een klein applaus.

Maaike reageert ontzettend blij. 'Wat is het mooi geworden!'

'Ja, hè?'

Toen ze Maaike dinsdag zag lopen op school, heeft ze gevraagd of ze die middag met Louisa en haar mee wilde gaan om jurkjes uit te zoeken. Helaas kon Maaike niet, want ze moest naar pianoles, maar ze spraken af dat Tanja toch alvast jurkjes zou kopen. Als die niet goed waren, kon Tanja ze op tijd terugbrengen.

Voor zichzelf kocht ze een mooie groene, voor Maaike een kerstrode. Het was de bedoeling dat Maaike, net als veel andere bandleden, een kerstmuts zou dragen met aan het puntje een lichtgevende kerstman. Tanja zou haar haren los laten en ze wilde een hippe zonnebril op die ze laatst in een etalage had gezien.

De volgende dag hebben ze op school in de wc gepast of de jurk goed zat. Dat was nog wat! Eén van de wc's was bezet, maar er kwam alsmaar niemand af. Toch wisten ze zeker dat er iemand op zat, want toen ze binnenkwamen, werd de wc snel op slot gedraaid. Nou ja!

Giechelig heeft Maaike zich half uitgekleed, terwijl Tanja de rode jurk snel over haar hoofd gooide. Hij zat perfect. Ze bleven praten over het bontrandje en waar die precies zou komen, en maakten grapjes over degene die weliswaar úren op de wc zat maar niets zei, en gek genoeg niet eens stonk. Zelfs een lachje kon er bij 'de geheime wc-ganger' niet van af, terwijl Maaike en Tanja toch leuke grapjes maakten. In ieder geval gierden ze het zelf zo nu en dan uit van de lach!

Toen, na een kwartier of zo, werd de deur eindelijk opengedraaid. Met een hoofd zo rood als Maaikes jurk, snelde Douwe langs hen heen. In zijn haast mompelde hij nog: 'Hoi Tanja,' maar zij keek hem slechts met grote ogen na. Douwe! Maaike deed het haast in haar broek en riep 'Je kent hem?!' Tanja kon alleen maar lacherig jaknikken. Wat moest Douwe nou op de meisjes-wc?!

Nu hij óók een keer voor paal heeft gestaan, kan Tanja niet wachten om hem eindelijk weer eens aan te spreken. Haar mislukte mascara-middag is even erg als zijn wc-woensdag! Haha! Die Douwe!

Hopelijk komt hij naar het kerstoptreden!

Bij de hals van de jurkjes en net boven de knie zit de prachtige bontrand die Tanja er zelf aan heeft genaaid.

Deze week nam ze elke avond meteen na het eten een van de jurkjes op schoot. Marike zei dat ze het beste een dubbele steek kon nemen, of zoiets, maar toen ze zich niet meer kon herinneren hoe het moest, wist ma ook een manier om de twee stofjes vast te zetten. Het zit hartstikke stevig!

En het aller- aller- allerleukste was: Tanja had ze zelf betaald!

Sandro juicht

Vanuit de coulissen hoor je de leerlingen van het Rhijnvis Feith murmelen. Bloednerveus knijpt Tanja de hand van Maaike fijn. Op het podium zet Arthur zijn kruk klaar. Om alle risico uit te sluiten, heeft hij besloten dit optreden niet te lopen. Zijn huisarts heeft gezegd dat zijn enkel zo'n klap niet voor een tweede keer kan verdragen.

Stef checkt of zijn snaren goed staan afgestemd, Lotte komt iedereen nog snel succes wensen voordat ze zich tussen het publiek begeeft. Het gordijn is dicht, dus als ze nog iets willen installeren of rechtzetten op het podium, moet het nu gebeuren. De drummer legt een tweede setje stokken bij zijn stoel, de violiste controleert de afstelling van haar snaren, Michiel kijkt of er geen spuug in zijn saxofoon zit.

Pfft, wat spannend! Zachtjes repeteert Tanja de tonen van sommige nummers die ze moeilijk vindt. 'Het gaat vast goed,' praat Maaike haar moed in. Tanja glimlacht.

Sinds ze contact heeft gezocht met Maaike, doet die veel minder verlegen. Of Maaike hopeloos verliefd is, of was, op Arthur, weet Tanja niet meer zo zeker. Als ze Maaike wat beter kent, zal ze er misschien eens naar vragen.

Vanavond is de eerste avond waarop The Gravediggers optreden als 'Fishing for Faith in the Rain'. Ze hebben afgesproken dat de naam 'Gravediggers' wel blijft bestaan, die zullen ze gebruiken voor optredens in de oude samenstelling, met de oude gitaarmuziek. Maar als ze moeten spelen op avonden die vooral feestelijk en vrolijk zullen zijn, komen ze met zijn tienen en heten ze 'Fishing for Faith in the Rain'. Onderling noemen ze de band gewoon 'Rainfish', maar officieel is het de lange naam: FFR.

Eigenlijk is deze naam vanmiddag pas ontstaan, in een melige bui bij de generale repetities. Ze waren aan het brainstormen over een nieuwe naam, maar tegelijkertijd werden ze ook nerveus omdat het optreden bijna zover was; de generale was pas tegen vijf uur afgelopen.

Ze zouden met zijn allen pizza bestellen en op school eten. Tanja had haar kerstjurk, make-up en lila zonnebril die ochtend meegebracht in een speciale tas. Om acht uur vanavond zouden de deuren opengaan en om half negen begon dan het optreden. Terwijl zij in de oefenruimte waren, werd de aula van de school door vrijwilligers omgetoverd in een winters paradijs.

Arthur stelde voor om te kijken of ze iets konden met de naam van de school: Rhijnvis Feith, dat werd op een gegeven momen 'rainfish faith' en uiteindelijk kwamen ze via 'raining fishes' terecht op: 'Fishing for Faith in the Rain'. Ze waren er allemaal enthousiast over.

Toen Tanja aan Louisa vroeg of ze het jammer vond dat ze niet tegelijk naar het feest konden, schudde Louisa haar hoofd en zei: 'Welnee, ik kom met Sandro.' De hele dag heeft Tanja zich afgevraagd of dat een hint was, of Louisa misschien tóch had gezien hoe verliefd Tanja was, of Louisa misschien wilde zeggen dat Tanja zich nergens zorgen om hoefde te maken. Nou ja, vanavond zou het uur van de waarheid komen. Vanavond zou ze duidelijkheid krijgen over Sandro's gevoelens, desnoods moest ze ernaar vragen!

Klats, een kleffe hand wordt op haar schouder gelegd.

'Hebben jullie er zin in?' vraagt Van Beurden. Wat moet die hier!

Maaike giechelt wat en knikt. Tanja kijkt hem slechts geïrriteerd aan.

'Goed,' zegt hij, 'dan ga ik jullie aankondigen, oké?' Hij loopt naar Arthur, Stef en de rest om hetzelfde te vertellen.

'Prima,' roept Maaike hem nog na.

'Niet zo slijmen,' zegt Tanja te zacht om verstaanbaar te zijn.

Van Beurden pakt Arthurs microfoon van de standaard en wurmt zich tussen het gordijn door. 'Goeienavond jongelui!' roept hij.

'Yeah!!' klinkt het vanuit de zaal.

Heel even moet Tanja denken aan het Openingsfeest, pas een paar maanden geleden, toen Mike de hele school met al haar leerlingen maar belachelijk vond. Wat vond ze het jammer dat ze toen met hem naar huis was gegaan. Voortaan, als ze ooit nog een vriendje krijgt dat het niet naar zijn zin heeft, moet die maar alleen naar huis, besluit ze.

'Om dit Kerstfeest extra luister bij te zetten, hebben we een band bereid gevonden om vanavond voor jullie op te treden. Het is een bekende en tegelijk onbekende band. Dat komt doordat de helft al jaren voor jullie optreedt, maar de andere helft is nieuw. De band bestaat nu uit maar liefst elf leden.'

'Tien!' klinkt een harde stem. Dat moet Olivier zijn.

'Ik hoor dat ik me vergis, het zijn er tien. Het is dus tóch een kleine band,' grapt Van Beurden. In de zaal wordt gelachen.

Hopelijk staat Louisa vooraan, denkt Tanja, dan kan ze even lekker zwijmelen om die engerd van een Van Beurden! Ze glimlacht. Maaike geeft een laatste kneepje in haar hand en laat dan los, ze moeten bijna op. Arthur gaat alvast op zijn kruk zitten nu het gordijn nog dicht is. Het mannetje aan zijn kerstmuts knippert aan-uit-aan-uit, net als die van Maaike, Stef en Michiel trouwens.

'Ze hebben zich speciaal voor dit kerstoptreden uitgedost en stevig gerepeteerd om er een onvergetelijke avond van te maken. Dames en heren, ik presenteer u: Fishing for Faith in The Rain! Pfoe, wat een naam!' Langs de zijkant loopt hij het podium af. Tanja glimlacht. Het werkt. Omdat de naam zo lang is, moet je steeds harder roepen, daarmee zweep je het publiek al lekker op.

Fishing. Fooor. Faith. Iiihin. Theeee. Raaaaaiiiiinnnnn!!!

'Yeah!' gilt het publiek.

'Cool!' roepen anderen.

De bandleden knikken naar elkaar. Het gordijn gaat open, iedereen stapt het podium op. Tanja ook, met een brede lach. Daar staat Louisa, helemaal vooraan. En naast haar staat Sandro, hij heeft zijn handen om zijn mond gevouwen en juicht zo hard hij kan.

De kus van Tanja

Louisa heeft Tanja's handen tussen die van haar geklemd en staat loeihard te gillen, echt te gillen, dat het een fan-tas-ti-sche show was! Sandro legt zijn arm om Tanja's schouder, dan weer zijn hand om haar middel, dan weer geeft hij een aai over haar bol en hij zegt: 'Je hebt het geweldig gedaan'. Dit gaat goed, dit gaat goed!

'Die jurk staat je prachtig!'

Vooral het nummer van Rineke de Groot, dat Arthur en Tanja als duet hebben gezongen, was een succes. Het publiek leefde helemaal mee. Nadat Tanja het refrein had gezongen,

O, boom wat ben je wit
Weet je waar mijn liefste zit?
Sinds hij mij verliet
Lig ik te huilen van verdriet

deed iedereen: ooooch. Ze zat er helemaal in.

Toen de show voorbij was, bleef iedereen maar klappen en 'we want more' roepen. Ze besloten nog één keer terug te komen en het hitje van 'De Kerstnummers' te doen:

Het is kerstmis
Waar het feest is

Ja, het is ke – hè – rstmi – his
Waar het fe – heest i – his

De hele zaal stond mee te lallen, geweldig!

Het gordijn ging dicht en iedereen van de band viel elkaar in de armen. Het was super! Aan de zijkant van het podium, bij de rechtercoulissen, is de officiële artiestenuitgang en daar stonden Louisa en Sandro haar uitgelaten te begroeten.

'Ik ga drankjes halen,' zegt Louisa nu. 'Wachten jullie hier op mij?'

Sandro en Tanja knikken en Louisa wandelt weg, met een brede lach op haar gezicht.

Is dit een hint? denkt Tanja. Is dit wat ik denk, wil, hoop? Schaapachtig kijkt ze Sandro aan, op de achtergrond klinkt het uitgelaten rumoer van de zaal. Veel mensen gaan naar de wc nu het optreden is afgelopen, het is druk op de gang!

'Zo,' zegt Sandro, hij moet hard praten om verstaanbaar te zijn. 'Daar sta ik dan met de ster van de avond!' Hij lacht zijn prachtige, heerlijke Sandro-lach.

'Dan ben jij de held van de dag,' lacht Tanja.

Hij buigt iets naar voren en vraagt: 'Wat zeg je?'

Tanja's knieën worden week, ze begeven het bijna. Deze truc kent ze maar al te goed uit Wijk Noord: net doen of je haar niet verstaat, dichterbij komen en dan proberen te beginnen met kussen.

'Als ik de ster van de avond ben, dan ben jij de held van de dag!'

Sandro buigt nu zo ver naar voren, dat zijn schouder die van Tanja raakt. Het zweet breekt haar uit. Ze inhaleert diep en ruikt de zoete geur die helaas maar zo minimaal in zijn gymkleding blijft hangen.

'Held van de dag,' herhaalt Tanja luid, maar als Sandro haar in de ogen kijkt met zijn glinsterende donkere kijkers, zijn gezicht zo dicht bij het hare...

Tanja kan het niet meer houden, het kan haar niet schelen wie er kijkt, ze verliest zich in een intense zoen. Zijn lippen zijn zo zacht, ze kan ze wel opeten. Ze legt haar arm om zijn schouder, haar andere arm om zijn nek. Met haar hand kroelt ze door zijn wondermooie haren en ze drukt zich dicht tegen hem aan.

Zijn handen komen op haar schouders, glijden via haar rug naar beneden, naar haar heupen en... duwen haar van zich af. Geschrokken kijkt Tanja Sandro aan. Hij blijkt háár geschrokken aan te kijken.

'Sorry,' stamelt hij, 'het was niet mijn bedoeling...'

Alarmfase één tolt door het vuurrode hoofd van Tanja: hetwasnietzijnbedoeling! Hetwasnietzijnbedoeling! Ze roept: 'Wat erg!'

Sandro legt zijn hand op haar schouder. 'Geeft niks,' zegt hij.

Maar alles wat Tanja kan uitbrengen, is: 'Wat erg!'

'Je bent heel aardig, maar ik ben verliefd, weet je nog?'

'Niet op mij?'

'Dacht je dat? Het spijt me, nee, ze woont in Friesland, niet in Zuideroog. Heb ik je gekwetst?'

'Wat erg!'

'Ik zal het niemand zeggen.'

'Ik dacht...'

'Ook Louisa niet, zullen we dat afspreken?'

'Ooo!'

Langzaamaan dringt tot haar door dat de gang vol staat met eerste-, tweede-, derde-, vierde-, vijfde- *en* zesdeklassers. Allemaal mensen die haar kennen van net, van het optreden, en mochten ze nu pas binnenkomen, dan kennen velen haar als 'het meisje van de kantine'. Die hebben dit vast gezien! Wat vreselijk!

'Lekkere drankjes voor de ster van de avond!' roept Louisa blij. 'Wat een drukte, eindelijk was ik aan de beurt!' Maar als ze ziet dat Tanja haar blik ontwijkt en dat haar broer heel serieus kijkt, vraagt ze wat er is.

'Niks,' fluistert Tanja.

'Dat geloof ik niet.'

'En terecht, Loewietje,' knikt Sandro. 'Er is iets bijzonders, alleen is Tanja erdoor ontroerd. Ik heb haar net gezegd dat we het zo jammer vinden om haar straks in de vakantie twee weken te missen. Toen heb ik haar uitgenodigd om met ons en onze vrienden oud en nieuw te vieren.'

Tanja trekt haar wenkbrauwen op. Schudt hij dit nu zomaar uit zijn mouw? Wat knap!

'Maar Tanja is verlegen en twijfelt of jij dat óók leuk vindt.'

'Natuurlijk vind ik dat leuk!' Louisa drukt een cola in Tanja's hand. 'Gezellig!'

Tanja glimlacht. Ze neemt een slok. Ze haalt diep adem.

'Ze is er stil van,' lacht Sandro. Hij legt zijn arm om haar middel en drukt haar even stevig tegen zich aan.

Tanja zucht.

'Kom,' zegt Louisa, 'gaan we dansen.'

Tanja loopt achter haar aan naar de zaal. Glimlachend schudt ze haar hoofd. Marjan zal dit morgen niet geloven.

Nanda  en Tanja

Tijdens het schrijven van *Tanja is verliefd* was ik zwanger van mijn prachtige dochter Lisa Renee aan wie dit boek is opgedragen. Ik was hopeloos verliefd op het kleine meisje in mijn buik. Daarom besloot ik dat niet alleen Tanja verliefd was, maar ook Louisa en Marjan en Goos en Maaike... iedereen voelt vlinders. Ik wilde rozengeur en maneschijn alom! Heerlijk was het, om met mijn dikke buik achter de computer te kruipen en zoveel verliefde mensen aan te treffen!

Natuurlijk kwam ik ondanks de roze wolkjes niet geheel onder de realiteit uit. Tenslotte moet Tanja zich zien te handhaven tussen luxe dametjes als Louisa en de tweedeklassers. Het lukt haar wel, maar wat ze daarvoor moet doen, is weinig chic. Het is maar goed dat iemand ingrijpt.

Alles komt op zijn pootjes terecht, Tanja is een zondagskindje en ik ben blij dat ik dat als schrijfster voor haar kan doen. Zijn niet alle verliefde mensen geluksvogels?

Ikzelf ben graag verliefd, als puber was ik het zo veel mogelijk. Het hoefde niet eens per se op iemand te zijn, soms was ik gewoon verliefd op de dag, of op het vooruitzicht van een feestje. Ook Tanja geniet met volle teugen van haar intense gevoelens. En Lisa Renee heeft er ook van genoten. Precies één dag na het inleveren van dit verhaal, begon de bevalling. Ze wilde het kennelijk nu wel eens in het echt meemaken!

En jij? Ben jij verliefd? Schrijf het me.

Lees ook *Tanja's song*,
het eerste boek over Tanja

nandaroep@hotmail.com
auteursfoto: Martijn Beekman

Lydia  en Marike

Marike is net elf als ze in de brugklas komt, en daarin lijkt ze op mijn dochter – die trouwens de eerste dag nog tien was. Marike heeft het gevoel dat ze met een rugzak vol handicaps op school komt.

Sneu vind ik dat. Ik had net zulke rare ouders als zij (van mijn vader leerde ik wiet roken en mijn moeder nam nooit een beslissing voordat ze in de *I Tjing* had gekeken, een Chinees boek met wijze spreuken). Toch schaamde ik me niet – als ik daarmee zou beginnen, zou er geen einde meer aan zijn... Gelukkig weet ik zeker dat Marike ook nog wel eens trots op haar familie wordt!

Wel had ik er, net als Marike, de pest over in dat mijn lichaam niet gelijk op groeide met mijn verstand. Ik zag eruit als een kleuter van vijf, terwijl ik boeken voor volwassenen las... In de brugklas was ik dan ook erg verlegen. (Een grote bek kreeg ik later pas.) Om toch te laten merken wie ik was, schreef ik stukjes voor de schoolkrant, en tot mijn stomme verbazing vroegen ze me toen voor de redactie... Misschien gaat Marike ook nog eens schrijven. Maar misschien ook niet, want één ding is duidelijk: ze heeft een eigen wil!

Lees *Marikes vijfde geheim*, voorjaar 2002 volgt
Marike ♥ ... Hahaha

lydiarood@hotmail.com

auteursfoto: Eva Persson

Hans  en Douwe

Natuurlijk ben ik Douwe niet, ook al heet ik Hans Ewout Kuyper en bestaat zulk toeval niet, om met Douwe te spreken.

Wat ik met Douwe gemeen heb, is de liefde voor alles wat oud is. Mijn lievelingsboeken gaan haast allemaal over vroeger en mijn lievelingsschrijver, James Barrie die Peter Pan geschreven heeft, is al meer dan zestig jaar dood. Ik woon in een houten huis uit 1880. Onder het achtererf ligt een gemetselde waterkelder waar Douwe waarschijnlijk graag eens in rond zou willen snuffelen. En zelfs mijn vrouw is vier jaar ouder dan ik.

Tja, de vrouwen, die merkwaardige, prachtige wezens die je altijd een stapje vóór zijn in hun gedachten en daden. Ik heb vanaf mijn vijfde jaar een hele stroom vriendinnetjes gehad, in alle vormen en kleuren. Soms was het een korte verliefdheid, soms duurde de relatie jarenlang. Van allemaal heb ik genoten en geleerd – maar ik ben geen stap dichter gekomen tot de oplossing van het Raadsel Vrouw. Zelfs niet nu ik getrouwd ben en vader van twee zoontjes.

Dus zal ook Douwe zich blijven verbazen. 'Wat bedoelen meisjes toch als ze iets zeggen?' Maar Douwe denkt na, en hij schrijft op wat er met hem gebeurt. Hij heeft meer grip op zijn leven dan ik vroeger had. Ik ben daar best jaloers op. Misschien dat ik nog iets van hem kan leren.

Ik ben ook reuze benieuwd wat jij van Douwe vindt. Stuur me 'ns een mailtje!

Lees *Brief voor Douwe*, voorjaar 2002 volgt
Douwe en de vreemde vogel

hanskuyper@hotmail.com
auteursfoto: Marene Kok

Daan  en Olivier

Olivier en ik houden allebei erg van de Beatles. Maar soms wil Olivier wel eens wat moderners draaien.

'Kom op,' zegt hij dan, 'laten we nu even de Cranberries opzetten, of Radiohead.'

Dan zeg ik: 'Niks daarvan, jij blijft met je tengels van de cd-speler af.'

En niet veel later heeft Olivier dan zijn zin gekregen.

Eigenlijk vind ik dat wel leuk. Zo leer ik nog eens wat modernere muziek kennen. En ook moet ik er wel om lachen dat het Olivier bijna altijd weer lukt om zijn zin te krijgen. Olivier is namelijk ontzettend eigenwijs.

Dat heeft zo zijn voor- en zijn nadelen. Zo lukt het Olivier in dit boek om een eigen band te beginnen; maar erg goed luisteren naar andere mensen doet hij dus niet.

Ik was vroeger net zo, geloof ik. Ook ik had al heel snel een eigen band. En de goede raad van anderen kon ik meestal missen als kiespijn. Ja, ik kan Olivier wel begrijpen. Ik weet bovendien zeker dat hij het eigenlijk erg goed met iedereen meent. Maar als hij nou weer eens heel tegendraads en lastig is, dan zeg ik: 'Ja, nu ophouden! Anders zorg ik er persoonlijk voor dat het in het volgende boek fout gaat tussen jou en Daphne!'

Nou, dan moet je Olivier zien! Een héél zoet ventje opeens! Want voor Daphne doet hij alles. Van haar houdt hij misschien nog wel meer dan van de Beatles.

Wil je meer over mij of over Olivier weten? Stuur me een e-mail.

Lees *Oliviers dagboek* en
De stille oorlog van Olivier

daanremmertsdevries@hotmail.com

auteursfoto: Ruben Le Noble